青少年美绘版经典名著书库

QINGSHAONIAN MEIHUIBAN JINGDIAN MINGZHU SHUKU

【经典收藏】

许地山 著

LUOHUA SHENG 落花生

浙江人民出版社

ZHEJIANG PEOPLE'S PUBLISHING HOUSE

从诸子蜂起、处士横议的百家争鸣,到大师辈出、人文昌盛的文艺复兴;从闪耀着智性之光的启蒙书籍,到弥漫着天真之趣的童话寓言,几千年来,中外文坛一直人才辈出,灿若星辰,佳作更是斗量车载,形形色色。面对如此浩繁的作品,为了让青少年朋友品读到纯正的文化典籍,畅游于古今之间,我们精心编排了本套经典名著丛书。

本套"青少年美绘版经典名著书库"撷取世界文学中的精华,涉及中外名家经典小说、诗歌、杂文、散文等作品,让你充分领略大师的文学风采;甄选中华国学读物《孙子兵法》《古文观止》《诗经》等,让你从博大精深的中国传统文化中汲取营养;品鉴外国文学名著《小王子》《少年维特之烦恼》等,让你和高尚的人谈话,树立坚定的信念;阅读传记、散文《名人故事》《小桔灯》等,让你见证历史的缩影、沐浴睿智的人文光芒……

本套丛书的编排方式以体裁为纲,选取集知识性、趣味性、教育性于一体的经典名著,并有大量与作品内容相得益彰的精美绘图,达成文本阅读与艺术欣赏的相互促进。在丛书最新一辑中,还按章节编排了"名师导读""名师按语""名师点金"等辅助阅读的小板块,让您能读有所悟,提高赏析作品的能力。如果这一增长见识、愉悦身心的精神盛宴能够得到青少年朋友的喜爱,那将是我们最大的幸福和希冀。

LUOHUA SHENG 落花生

目录

青 | 少 | 年 | 美 | 绘 | 版 | 经 | 典 | 名 | 著 | 书 | 库

QINGSHAONIAN MEIHUIBAN JINGDIAN MINGZHU SHUKU

·············【经典收藏】················

心有事（开卷的歌声）

·名师导读·

　　当低落的心情遭遇连绵的阴雨，当嘈杂的耳畔响起雨滴拍打的节奏，当残酷的现实与过去的点滴相互交织，这会是怎样的一种心境呢？我们都有过在雨中释放情绪的经历，那么作者又会怎样宣泄如此的情绪呢？

心有事，①无计问天。

心事郁在胸中，教我怎能安眠？

我独对着空山，眉更不展；

我魂飘荡，犹如②出岫残烟。

③想起前事，我泪就如珠脱串。

独有空山为我下雨涟涟。

我泪珠如急雨，急雨犹如水晶箭；

④箭折，珠沉，融作山溪泉。

做人总有多少哀和怨：

积怨成泪，泪又成川！

今日泪、雨交汇入海，海涨就要沉没赤县：

累得那只抱恨的⑤精卫拼命去填。

名师按语

①无计：没有办法。

②出岫：从山中或山洞中出来。

③运用比喻，将作者心中对于过去的郁闷与痛苦表现得生动形象。

④生动地表现了雨水低落的形象，暗示了作者心情的低落。

⑤精卫：炎帝的小女儿女娃在东海溺亡，精灵化作一只小鸟，栖息在西方发鸠山上的森林里，每天衔石块或树枝要填平东海。它经常发出好像"精卫、精卫"一样的叫声，所以人们便称它为精卫鸟。

呀,精卫!你这样做,虽经万劫也不能遂愿。

不如咒海成冰,使他像铁一样坚。

那时节,我要和你相依恋,

各人才对立着,沉默无言。

名师点金

赏析·启示

　　文章开篇就渲染了哀婉凄凉的气氛。作者心中无以言说的苦痛,以及对于过去的无奈,都在这样一个雨天随夜到来。作者运用比喻的手法,将郁结于心中的苦闷巧妙地宣泄出来,泪珠的滴落就如雨水滴落那般凄凉。我们可以看到一个被现实与过去折磨的人,他的哀怨在雨天肆意发泄,就如同雨水倾盆入海。我们可以看到作者深厚的文字功底,寓情于景,情景交融,令读者仿佛一同与作者置身于那个悲凉的雨夜,一同发泄心中堆积的不快。

※学习·拓展

精卫填海

　　这个典故来源于《山海经·北山经》。精卫本是炎帝(即神农氏,传说中我国农业和医药的始祖)的小女儿,她很喜欢玩水。一天,她去东海游泳,不幸遇到了巨浪,被海水吞没了。她死后变成了精卫鸟,精卫愤恨于东海夺去她的性命,于是每天从西山衔着树枝、石子飞到东海上空,将它们投下去。一天又一天,一年又一年,誓将东海填平。

笑

名师导读

丈夫都会做一些惊喜的事情来讨好自己的妻子，比如一份爱心早餐，一抹清晨淡吻，一件漂亮衣装。那么，文中的主人公会带给妻子怎样的惊喜呢？

①我从远地冒着雨回来。因为我妻子心爱的一样东西让我找着了；我得带回来给她。

一进门，小丫头为我收下雨具，老妈子也借故出去了。我对妻子说："相离好几天，你闷得慌吗？……呀，香得很！这是从哪里来的？"

"②窗棂下不是有一盆素兰吗？"

我回头看，几箭兰花在一个汝窑钵上开着。我说："这盆花多会移进来的？这么大雨天，还能开得那么好，真是难得啊！……可是我总不信那些花有如此的香气。"

我们并肩坐在一张紫檀榻上。③我还往下问："良人，到底是兰花的香，是你的香？"

"到底是兰花的香，是你的香？让我闻一闻。"她说时，亲了我一下。小丫头看见了，掩着嘴笑，翻身揭开帘子，要往外走。

名师按语

①丈夫找到一件妻子喜爱的物品便冒雨赶回来交与她，引出下面这对恩爱夫妻的一则生活场景。

②窗棂：横的或竖的窗格。

③表面的谈资是兰花的香气，实则蕴含着夫妻之间深深的爱。

名师按语

④瑞香：属瑞香科瑞香属常绿小灌木植物，是中国传统名花。

"玉耀，玉耀，回来。"小丫头不敢不回来，但，仍然抿着嘴笑。

"你笑什么？"

"我没有笑什么。"

我为她们排解说："你明知道她笑什么，又何必问她呢，饶了她罢。"

妻子对小丫头说："不许到外头瞎说。去罢，到园里给我摘些④瑞香来。"

小丫头抿着嘴出去了。

名师点金

赏析·启示

作者通过本文向读者介绍了一对恩爱的夫妇，运用细腻的笔法，将两人的恩爱描绘出来。文章主要采用对话的形式，通过一幅温馨的生活场景，给人以至美的享受。小丫头玉耀的存在，更增添了文章的生活气息，让这个恩爱的场景，又多了几分逗趣，成功地抓住读者的目光，唤起了读者对爱情的渴望。

※学习·拓展

古香古韵的瑞香

瑞香是我国的传统名花，宋代就已经有了栽培的记载，那时候主要是栽种变种的毛瑞香、蔷花瑞香、金边瑞香等品种，其中最受欢迎的当属金边瑞香。所以对于瑞香的赞美之辞颇多，宋代诗人曾肇说它"风雨离披枝叶瘦，可怜终不减清香"。

香

名师导读

恩爱的夫妻,共同的话题自然少不了,那么生活中的主人公和妻子都会谈些什么呢？至于生番和佛法的问题,妻子能否作出完美的阐述呢？

妻子说:"良人,你不是爱闻香么？我曾托人到鹿港去买上好的沉香线;现在已经寄到了。"她说着,便抽出妆台底抽屉,取了一条沉香线,燃着,再插在小宣炉中。

我说:"在香烟绕缭之中,得有清淡。给我说一个①生番的故事罢。不然,就给我谈佛。"

妻子说:"生番故事,太野了。佛更不必说,我也不会说。"

"你就随便说些你所知道的罢,横竖我们都不大懂得;你且说,什么是佛法罢。"

"佛法么？——色,——声,——香,——味,——触,——造作,——思维,都是佛法;唯有爱闻香的爱不是佛法。"

"你又矛盾了！这是什么②因明？"

③"不明白么？因为你一爱,便成为你的嗜好;那香在你闻觉中,便不是本然的香了。"

名师按语

①生番:农业社会时期生活在山上的尚未汉化的台湾少数民族居民。

②因明:推理出的理论。

③"本然的香"喻指先天具足的佛性,"闻觉中"的"香"是诸念,是执着,犯了佛教认为的贪念,所以"不是佛法"。

名师点金

赏析·启示

作者通过妻子和主人公在生活中的对话，营造出十分温馨的家庭氛围。"香"是佛教中领人开悟佛法的物件，"本然的香"是没有沾染的自在体，喻指天然具足的佛性；"闻觉中的香"因为有对"本然的香"的执着的爱，所以蒙了尘埃、犯了贪念。作者借"香"这一佛教意象参禅论道，劝人不要贪恋、执着。

※学习·拓展

"落华生"的由来

许地山出生于台湾地区，他的父亲是一名爱国志士。经过父母多年的教导，以及自己的不懈努力，他成为我国现代文学史上的著名作家。他曾说，父亲曾以"落花生"做比喻教育子女，给自己留下了深刻的印象。在他正式走上文学创作道路后，就将"落华生"作为自己的笔名，以警戒和鞭策自己，表现了他崇高的志趣。

愿

名师导读

　　每个妻子心中对自己的丈夫都有独特的定位,可能希望他成为文人,可能希望他成为富人,可能希望他成为人尽皆知的名人。那么文中的妻子对自己丈夫会有怎样的定位呢?

　　南普陀寺里的大石,雨后稍微觉得干净,不过绿苔多长一些。①天涯的淡霞好像给我们一个天晴的信。树林里的虹气,被阳光分成七色。树上,雄虫求雌的声,②凄凉得使人不忍听下去。妻子坐在石上,见我来,就问:"你从哪里来?我等你许久了。"

　　"我领着孩子们到海边捡贝壳咧。阿琼捡着一个破贝,虽不完全,里面却像藏着珠子的样子。等他来到,我叫他拿出来给你看一看。"

　　"在这树荫底下坐着,真舒服呀!我们天天到这里来,多么好呢!"

　　妻说:"你哪里能够?……"

　　"为什么不能?"

　　"你应当做荫,不应当受荫。"

　　"你愿我做这样的荫么?"

　　③"这样的荫算什么!我愿你做无边宝华盖,能普荫一切世间诸有情。愿你为如意净明珠,能普照一切

名师按语

　　①运用比喻,将天空即将转晴的景象生动地展现给读者。

　　②凄凉:寂寞荒凉,凄惨。

　　③一系列排比句表现出妻子对丈夫的期望,希望他能够成为社会的赐与者。

世间诸有情。愿你为降魔金刚杵，能破坏一切世间诸障碍。愿你为多宝盂兰盆，能盛百味，滋养一切世间诸饥渴者。愿你有六手、十二手、百手、千万手，无量数那由他如意手，能成全一切世间等等美善事。"

我说："极善，极妙！但我愿做调味的精盐，渗入等等食品中，把自己的形骸融散，且回复当时在海里的面目，使一切有情得尝咸味，而不见盐体。"

④妻子说："只有调味，就能使一切有情都满足吗？"

我说："盐的功用，若只在调味，那就不配称为盐了。"

名师按语

④丈夫虽然希望做付出者，但他却不想以高高在上的救世主面貌出现，而想成为隐喻和睦与爱的"盐"（基督教中盐的喻义）。

名师点金

赏析·启示

作者通过本文向读者展示了一幅恩爱的生活图景。在雨后寺庙的大石上，丈夫和拾捡贝壳的孩子归来，妻子谈论起丈夫该成为怎样的人，可以看出妻子的大气和抱负，她相信自己的丈夫能够成为给世间带来光明的人，善荫一切有情。而丈夫却希望自己成为调味生活的盐，立足小我，兼济天下。全文言近旨远，词浅意深，充溢着浓郁的宗教思辨色彩。

※学习·拓展

精神丰碑——许地山

许地山是一名满怀爱国主义和民主主义精神的现代作家。他一直全身心地奉献,希望用自己的文艺力量为民族战争服务,用一颗赤诚的心散播抗日的火种。同时,他也是一名教育改革活动家,他的童心在和孩子们玩耍的时候得以充分展现,因此,人们亲切地称他为"孩子头"。他热心于我国的教育事业,关心着下一代的成长,他的奉献精神为我们树立了一座精神丰碑。

你为什么不来

·名师导读·

等待的心情会是怎样的呢?深闺女子思念的人迟迟不肯到来。是女子的邀约使他不肯来,还是他被大雨羁绊了脚步呢?女子到底会经历怎样复杂的心情呢?

在夭桃开透、浓阴欲成的时候,谁不想伴着他心爱的人出去游逛游逛呢? 在密云不飞、急雨如注的时候,谁不愿在①深闺中等她心爱的人前来细谈呢?

她闷坐在一张睡椅上,②紊乱的心思像窗外的雨点——③东抛,西织,来回无定。在有意无意之间,又顺手拿起一把九连环慵懒懒地解着。

丫头进来说:"小姐,茶点都预备好了。"

她手里还是慵懒懒地解着,口里却发出似答非答的声:"……他为什么还不来?"

除窗外的雨声,和她手中轻微的银环声以外,屋里可算静极了!在这幽静的屋里,忽然从窗外伴着雨声送来几句优美的歌曲:

你放声哭,

因为我把林中善鸣的鸟笼住么?

你飞不动,

因为我把空中的雁射杀么?

名师按语

①深闺:旧时指富贵人家的女子所住的房间。

②紊乱:杂乱,纷乱。

③将女子复杂纷乱的心情比喻成窗外的雨点,既生动又形象。

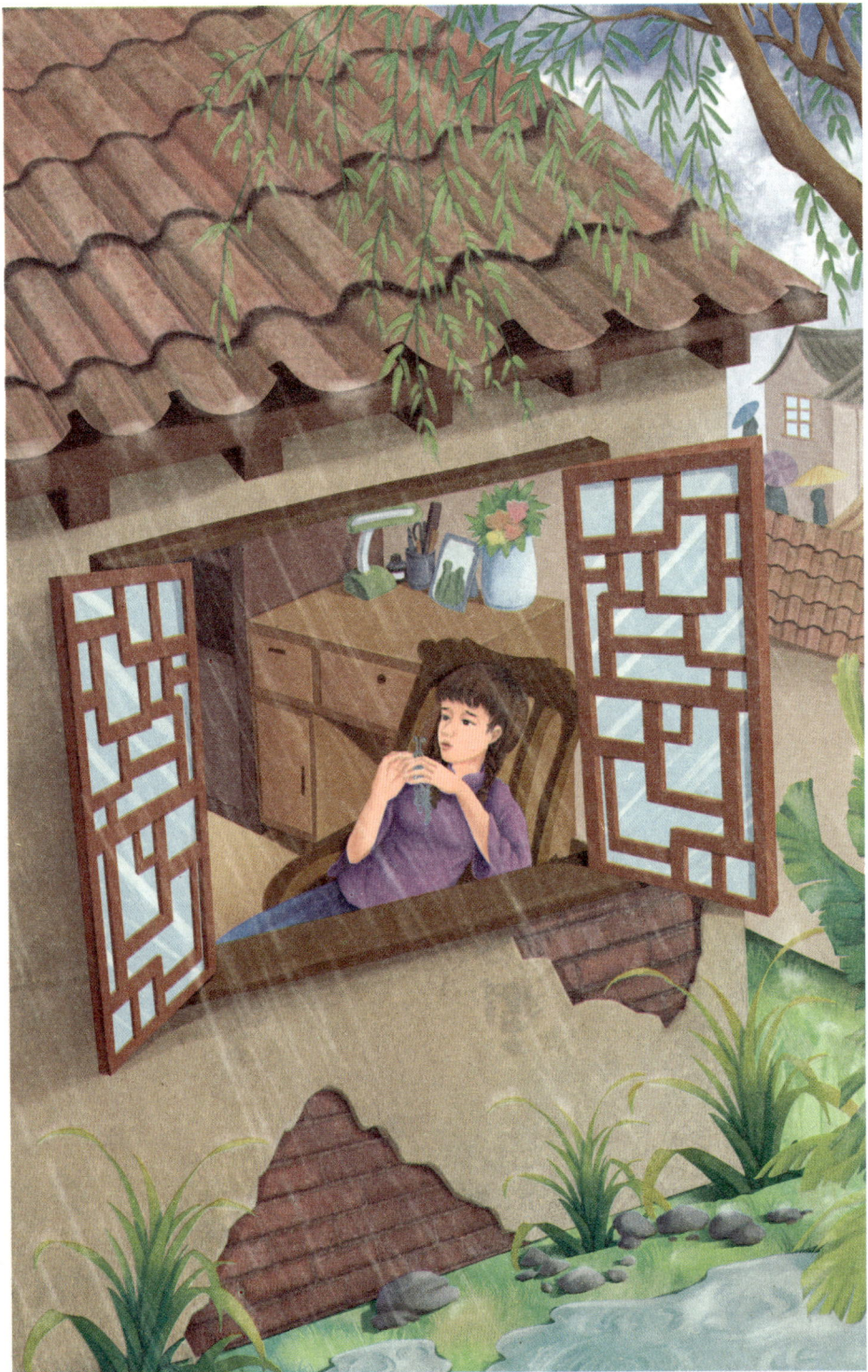

你不敢进我的门，

因为我家养狗提防客人么？

因为我家养猫捕鼠，

你就不来么？

因为我的灯火没有笼罩，

烧死许多美丽的昆虫

你就不来么？

你不肯来，

因为我有……？

"有什么呢？"她听到末了这句，那紊乱的心就发出这样的问。她心中接着想：因为我约你，所以你不肯来；还是因为大雨，使你不能来呢？

名师点金

赏析·启示

作者细腻的写作笔法在这一篇中得以充分展现。读者能够深刻地体会到一个深闺女子思念着自己心爱的人，而他却迟迟不来的纷乱心情。天气的凄清，心情的凄婉，复杂却又无以言说的苦楚，就这样随着雨水的滴落一落千丈。如果没有深厚的文字功底，是不可能把心境描写得如此细腻的。

※学习·拓展

许地山的成功秘诀

为什么许地山的作品会如此成功呢？他到底有怎样的秘诀呢？如果认真阅读他的作品，就会发现他的作品总是会令人产生一种新异的感觉。无论是历经多少沧桑变化，这种感觉都不会改变。这种文字的魅力源自于他本人创新求异的独特艺术风格。这是他的艺术追求，同样也是他的成功秘诀。

美的牢狱

名师导读

到底怎样才算得上美呢？是天然简朴的美，还是后天修饰的美呢？人们对于美的标准都是不一样的，接下来就让我们来看看主人公和他的妻子对美的看法吧。

嫳求正在镜台边理她的晨妆，见她的丈夫从远地回来，就把头拢住，问道："我所需要的你都给带回来了没有？"

"对不起！你虽是一个建筑师，或泥水匠，能为你自己建筑一座'美的牢狱'；我却不是一个转运者，不能为你搬运等等材料。"

"你念书不是念得越糊涂，便是越高深了！怎么你的话，我一点也听不懂？"

①丈夫含笑说："不懂么？我知道你开口爱美，闭口爱美，多方地要求我给你带等等装饰回来；我想那些东西都围绕在你的体外，合起来，岂不是成为一座监禁你的牢狱吗？"

她静默了许久，也不作声。她的丈夫往下说："妻呀，我想你还不明白我的意思。我想所有美丽的东西，只能让他们散布在各处，我们只能在他们的出处爱他们；若是把他们聚拢起来，搁在一处，或在身上，那就不

名师按语

①丈夫为自己为何不给妻子带东西进行解释，夫妻间的争论正式展开。

名师按语

美了……"

②她睁着那双柔媚的眼，摇着头说："你说得不对。你说得不对。若不剖蚌，怎能得着珠玑呢？若不开山，怎能得着金刚、玉石、玛瑙等等宝物呢？而且那些东西，本来不美，必得人把他们琢磨出来，加以装饰，才能显得美丽咧。若说我要装饰，就是建筑一所美的牢狱，且把自己监在里头，且问谁不被监在这种牢狱里头呢？如果世间真有美的牢狱，像你所说，那么，我们不过是造成那牢狱的一沙一石罢了。"

"我的意思就是听其自然，连这一沙一石也毋须留存。孔雀何为自己修饰羽毛呢？黄荷何尝把他的花染红了呢？"

"所以说他们没有美感！我告诉你，你自己也早已把你的牢狱建筑好了。"

"胡说！我何曾？"

"你心中不是有许多好的想象，不是要照你的好理想去行事么？你所有的，是不是从古人曾经建筑过的牢狱里拣出其中的残片？或是在自己的世界取出来的材料呢？自然要加上一点人为才能有意思。若是我的形状和荒古时候的人一样，你还爱我吗？我准敢说，你若不好好地住在你的牢狱里头，且不时时把牢狱的墙垣垒得高高的，我也不能爱你。"

刚愎的男子，你何尝佩服女子的话？你不过会说："就是你会说话！等我思想一会儿，再与你决战。"

名师点金

赏析·启示

当满心期待的妻子看到归来的丈夫，希望得到心仪的礼物却没有得到满足时，两个人便展开了一番关于美的讨论。文中的妻子崇尚修饰之美，而丈夫则崇尚自然之美，正是这两种不同的观点使两人产生了争论。美是中国现代作家抒写的常见主题，但作者却说美是一座牢狱，阐释了"人生苦"的普遍性，表现出当时的知识分子饱尝人生苦难后所体悟的人生困惑。

※学习·拓展

玛　瑙

玛瑙是一种具有不同颜色纹带构造的矿石，颜色不一，因其图案和杂质的类型而划分不同级别。玛瑙的历史十分悠久，追溯起来大约有一亿年的历史。一亿年前，地下岩浆由于地壳的运动大量喷出，经过极其复杂的过程最终形成玛瑙。作为玉髓类矿物的一种，玛瑙中经常会混有蛋白石和隐晶质石英的纹带状块体。玛瑙外表晶莹透亮，常被人们制成各种饰物或赏玩用品，因此在古代陪葬品中经常看到玛瑙串饰的身影。

爱就是刑罚

—— 名师导读 ——

　　每对夫妻在生活中都会有自己的礼法,谁犯错就要遭受对方的惩罚,以求得心理上的平衡。那么,文中新婚的丈夫让妻子独自去散步,自己却忙着写信,他会受到妻子怎样的惩罚呢?

　　"这什么时候了,还埋头在案上写什么? 快同我到海边去走走罢。"

　　①丈夫尽管写着,没站起来,也没抬头对他妻子行个"注目笑"的礼。妻子跑到身边,要抢掉他手里的笔,他才说:"对不起,你自己去罢。船,明天一早就要开,今晚上我得把这几封信赶出来;10点钟还要送到船里的邮箱去。"

　　"我要人伴着我到海边去。"

　　"请七姨子陪你去。"

　　"七妹子说我嫁了,应当和你同行;她和别的同学先去了。我要你同我去。"

　　"我实在对不起你,今晚不能随你出去。"他们②争执了许久,结果还是妻子独自出去。

　　丈夫低着头忙他的事,足有四点钟工夫。那时已经11点了,他没有进去看看那新婚的妻子回来了没有,披起大衣大踏步地出门去。

名师按语

　　①丈夫的行为算是对妻子问话的答复,为下文的展开埋下伏笔。

　　②争执:各执己见,互不相让。

名师按语

③检点:检查,查看。

④丈夫的行为和话语表现出他受到妻子惩罚后不知所措的心情。

他回来,还到书房里③检点一切,才进入卧房。妻子已先睡了。他们的约法:睡迟的人得亲过先睡者的嘴才许上床。所以这位少年走到床前,依法亲了妻子一下。妻子急用手在唇边来回擦了几下。那意思是表明她不受这个接吻。

④丈夫不敢上床,呆呆地站在一边。一会,他走到窗前,两手支着下颔,点点的泪滴在窗棂上。他说:"我从来没受过这样刑罚!……你的爱,到底在哪里?"

"你说爱我,方才为什么又刑罚我,使我孤零?"妻子说完,随即起来,安慰他说:"好人,不要当真,我和你闹玩哪。爱就是刑罚,我们能免掉么?"

名师点金

赏析·启示

当其他新婚夫妇还沉浸在爱河里的时候,文中的妻子却要忍受独自散步的凄凉,读者可以体会到她心情的失落与自身的孤独,而丈夫则一直忙碌至深夜。最终,生气的妻子在晚上亲吻的时候惩罚了丈夫,引出"爱就是刑罚"这一主题。爱本应是愉悦的,作者却说爱是一种刑罚,具体诠释了作者感叹的"生本不乐"的佛教多苦观。

※学习·拓展

积极改革的许地山

许地山曾在香港大学任教，他不但全心致力于改革教育、教学事业，也积极从事社会教育和文化活动。在他的发起和组织下，"香港新文学学会"、"中国文化协会"最终成立起来。他一直把中小学课程的改良当作使命，并且建议教育当局创办中小学讨论会。他对于香港的文化事业做出了突出的贡献，他卓越的改革精神得到了社会各界人士的好评，并因此当选为香港中英文化协会的主席。

爱的痛苦

·名师导读·

　　爱诵真言的牛先生在看到自己的女友在西院逗弄她弟弟的画面时，萌生了新的想法。在日记里他会怎样表述自己的感想呢？他又为什么会有这样的感触呢？

名师按语

①运用拟人的修辞手法，将傍晚雨水将至的景象描绘得逼真形象。

②女友的语言和行为十分矛盾，吸引了牛先生的注意力，也使读者十分好奇其中的缘由。

③萦回：回旋往复，曲折环绕。

　　在绿荫月影底下，朗日和风之中，或急雨飘雪的时候，牛先生必要说他的真言，"啊，拉夫斯偏！"他在三百六十日中，少有不说这话的时候。

　　①暮雨要来，带着愁容的云片，急急飞避；不识不知的蜻蜓还在庭园间遨游着。爱诵真言的牛先生闷坐在屋里，从西窗望见隔院的女友田和正抱着小弟弟玩。

　　姐姐把孩子的手臂咬得吃紧；擘他的两颊；摇他的身体；又掌他的小腿。孩子急得哭了。姐姐才忙忙地拥抱住他，堆着笑说："乖乖，乖乖，好孩子，好弟弟，不要哭。我疼爱你，我疼爱你！不要哭。"②不一会孩子的哭声果然停了。可是弟弟刚现出笑容，姐姐又该咬他、擘他、摇他、掌他咧。

　　檐前的雨好像珠帘，把牛先生眼中的对象隔住。但方才那种印象，却③萦回在他眼中。他把窗户关上，自己一人在屋里踱来踱去。最后，他点点头，笑了一声："哈，哈！这也是拉夫斯偏！"

名师按语

他走近书桌子，坐下，提起笔来，像要写什么似的。想了半天，才写上一句七言诗。他念了几遍，就摇头，自己说："不好，不好。我不会作诗，还是随便记些起来好。"

牛先生将那句诗涂掉以后，就把他的日记拿出来写。那天他要记的事情格外多。日记里应用的空格，他在午饭后，早已填满了。他裁了一张纸，写着：

④黄昏，大雨。田在西院弄她的弟弟，动起我一个感想，就是：人都喜欢见他们所爱者的愁苦；要想办法叫所爱者难受。所爱者越难受，爱者越喜欢，越加爱。

一切被爱的男子，在他们的女人当中，直如小弟弟在田的膝上一样。他们也是被爱者玩弄的。

女人的爱最难给，最容易收回去。当她把爱收回去的时候，未必不是一种游戏的⑤冲动；可是苦了别人哪。

唉，爱玩弄人的女人，你何苦来这一下！愚男子，你的苦恼，又活该呢！

牛先生写完，复看一遍，又把后面那几句涂去，说："写得太过了，太过了！"他把那张纸附贴在日记上，正要起身，老妈子把哭着的孩子抱出来，一面说："姐姐不好，爱欺负人。不要哭，咱们找牛先生去。"

"姐姐打我！"这是孩子所能对牛先生说的话。

牛先生装作可怜的声音，⑥忧郁的容貌，回答说："是吗？姐姐打你吗？来，我看看打到哪步田地？"

孩子受他的⑦抚慰，也就忘了痛苦，安静过来了。现在吵闹的，只剩下外间急雨的声音。

④这段话是牛先生对"爱者"与"所爱者"的独特见解，在爱的领域也充满了"不乐"的因素——爱的玩弄。

⑤冲动：能引起某种行为的神经兴奋。

⑥忧郁：忧伤郁结，忧虑郁闷。

⑦抚慰：抚恤、安慰，本文指帮孩子从痛苦中走出来。

名师点金

赏析·启示

　　这一篇中，作者通过牛先生女友田和在西院逗弄弟弟玩耍时的情景，将爱的痛苦生动地展现出来。通过生活中的一件小事，让我们看到了在令人陶醉的爱的领域中也充满了"不乐"的因素。但作者的"生本不乐"观与佛教一切皆苦的出世观还是不同的，作者反映的苦乐是人世间的，意在揭示其社会根源，反映的是五四运动高潮过后弥漫于小资产阶级知识分子中间的那种苦闷彷徨情绪。

※学习·拓展

哀悼许地山

　　一生笔耕不辍的许地山，积劳成疾，在 1941 年心脏病突发猝死，那一年他刚 49 岁。当噩耗传出后，宋庆龄、梅兰芳、叶恭绰、郁达夫、徐悲鸿等知名人士都第一时间赶往许宅，怀着悲痛的心情敬送花圈和挽联。香港的很多机构和学校都下半旗致哀，后来香港文化界 40 多个团体近千名代表聚集在香港铜锣湾加路连山道"孔圣堂"举行了"许地山先生追悼大会"。

梨 花

名师导读

雨中的梨花仿佛慵懒得有些困倦了，细雨中玩耍的姐妹俩会寻得怎样的乐趣呢？姐姐为什么会气妹妹摇晃梨花的树枝呢？到底是花儿落泪，还是一颗善感的心落泪了呢？

她们还在园里玩，也不理会细雨丝丝穿入她们底罗衣。①池边梨花的颜色被雨洗得更白净了，但朵朵都懒懒地垂着。

姐姐说："你看，花儿都倦得要睡了！"

"待我来摇醒它们。"

姐姐不及发言，妹妹的手早已抓住树枝摇了几下。花瓣和水珠纷纷地落下来，铺得银片满地，煞是好玩。

妹妹说："好玩啊，花瓣一离开树枝，就活动起来了！"

②"活动什么？你看，花儿的泪都滴在我身上哪。"姐姐说这话时，带着几分怒气，推了妹妹一下。她接着说："我不和你玩了，你自己在这里罢。"

③妹妹见姐姐走了，直站在树下出神。停了半晌，老妈子走来，牵着她，一面走着，说："你看，你的衣服都湿透了；在阴雨天，每日要换几次衣服，叫人到哪里找太阳给你晒去呢？"

落下来的花瓣，有些被她们的鞋印入泥中；有些粘

名师按语

①运用拟人的修辞手法，将梨花雨后的动人的姿态生动形象地展现出来。

②姐姐把花瓣上的水珠看作人的泪珠，表现出她对于花儿的珍惜。

③妹妹为自己刚才的过错感到不安。

在妹妹身上,被她带走;有些浮在池面,被鱼儿衔入水里。那④多情的燕子不歇把鞋印上的残瓣和软泥一同衔在口中,到梁间去,构成它们的香巢。

名师按语

④多情:指重视情谊、感情深重。

名师点金

赏析·启示

　　作者运用拟人手法,将花儿的脆弱表现得生动形象,雨中花儿慵懒的样子被描绘得栩栩如生。面对困倦的花儿,姐妹两个表现出截然不同的态度,年幼的妹妹摇晃着树枝,却惹得善感的姐姐不高兴,姐姐觉得这滴落的水珠就是花儿落下的泪。最后作者用排比句叙述了花瓣落下后的不同命运,更是寓意深刻,梨花无法掌握自己的命运,只能随遇而安。本文给我们展示了一幅充满稚气的姐妹图,启迪读者:人生的遭遇和梨花花落一样,有喜有悲,我们应该乐观看待。

※学习·拓展

梨 花

　　梨花属于蔷薇科,是落叶乔木的一种,叶圆,在叶子的边缘会有细锯齿,先端尖。每年的4月份,正是梨花盛开的季节。若此时来到梨园,定会被满眼的白色所陶醉。如果喜欢的话,可以选择盆栽,将它置于居室,它会使你的家充满生活气息。

春的林野

名师导读

春天的气息弥漫着整个世界,当鸟儿被这生机与活力感染,当活泼好动的孩子感受到周围的变化后,将会有怎样的画面呢?孩子们会在春天里进行怎样的游戏呢?

名师按语

①运用拟人的修辞手法,将山间春天的景色描写得生动形象。

②作者描摹山间鸟儿的鸣叫,充满趣味,足见其对自然的喜爱。

③璎珞:古代用珠玉串成的装饰品,多用为颈饰。

①春光在万山环抱里,更是泄漏得迟。那里的桃花还是开着;漫游的薄云从这峰飞过那峰,有时稍停一会,为的是挡住太阳,叫地面的花草在它的荫下避避光焰的威吓。

岩下的荫处和山溪的旁边满长了薇蕨和其他凤尾草。红、黄、蓝、紫的小草花点缀在绿茵上头。

天中的云雀,林中的金莺,都鼓起它们的舌簧。②轻风把它们的声音挤成一片,分送给山中各样有耳无耳的生物。桃花听得入神,禁不住落了几点粉泪,一片一片凝在地上。小草花听得大醉,也和着声音的节拍一会倒,一会起,没有镇定的时候。

林下一班孩子正在那里捡桃花的落瓣哪。他们捡着,清儿忽嚷起来,道:"嗄,邕邕来了!"众孩子住了手,都向桃林的尽头盼望。果然邕邕也在那里摘草花。

清儿道:"我们今天可要试试阿桐的本领了。若是他能办得到,我们都把花瓣穿成一串③璎珞围在他身上，封他为大哥如何？"

众人都答应了。

阿桐走到邕邕面前，道："我们正等着你来呢。"

阿桐的左手盘在邕邕的脖上，一面走一面说："今天他们要替你办④嫁妆，叫你做我的妻子。你能做我的妻子么？"

⑤邕邕狠视了阿桐一下，回头用手推开他，不许他的手再搭在自己脖上。孩子们都笑得支持不住了。

众孩子嚷道："我们见过邕邕用手推人了！阿桐赢了！"

邕邕从来不会拒绝人，阿桐怎能知道一说那话，就能使她动手呢？是春光的荡漾，把他这种心思泛出来呢？或者，天地之心就是这样呢？

你且看：漫游的薄云还是从这峰飞过那峰。

你且听：云雀和金莺的歌声还布满了空中和林中。

在这万山环抱的桃林中，除那班爱闹的孩子以外，万物把春光领略得心眼都迷蒙了。

名师按语

④嫁妆：女子出嫁时，从娘家带到丈夫家去的衣被、家具及其他用品。

⑤将孩子玩耍时的小情绪生动地表现出来，充满了童趣。

名师点金

赏析·启示

作者勾勒出了一幅生机盎然的春意图。春光、鸟儿、花草、孩子……这一切美好的事物都增添了春天的活力，寄予了作者美好的愿望，足见作者对大自然和生命的热爱。而孩子们的恶作剧，更是增添了文章的生活性和趣味性，孩子的游戏总是充满稚拙的气息。文中邕邕的气愤，更是细致地展现了孩子爆发时的小情绪，使文章充满了童趣。

※学习·拓展

许地山和他的妻子

许地山的妻子名叫周俟松，两人的感情非常深厚，是一对令人羡慕的神仙眷侣。周俟松喜欢读书，尤其偏好故事，因此许地山专门为妻子翻译了《孟加拉和印度民间故事》。生活中的两个人还会针对许地山的作品展开讨论，彼此交流意见。许地山曾对周俟松说："泰戈尔是我的知音长者，你是我的知音妻子，我是很幸福的，是以知音可以无恨矣。"

银翎的使命

━━━━ 名师导读 ━━━━

　　黄先生和"我"在寻找捕蝇草的途中遇到一只顺流而下的信鸽，但是信鸽已经失去了生命。在鸽翼上有一封小信，里面记录了什么信息呢？信鸽的主人是否有重要的事情呢？面对这样的情况，黄先生和"我"又会怎么办呢？

名师按语

①山麓：指山坡和周围平地相接的部分。

②"蒸"字将梅雨季节山间阴湿的景象描绘得形象逼真，将山花拟人化，使文章充满趣味。

③可以看出"我"的善良和同情心，增添了文章的人情味。

　　黄先生约我到狮子①山麓阴湿的地方去找捕蝇草。②那时刚过梅雨之期，远地青山还被烟霞蒸着，唯有几朵山花在我们眼前淡定地看那在溪涧里逆行的鱼儿喋着他们的残瓣。

　　我们沿着溪涧走。正在找寻的时候，就看见一朵大白花从上游顺流而下。我说："这时候，哪有偌大的白荷花流着呢？"

　　我的朋友说："你这近视鬼！你准看出那是白荷花么？我看那是……"

　　说时迟，来时快，那白的东西已经流到我们跟前。黄先生急把采集网拦住水面；那时，我才看出是一只鸽子。他从网里把那死的飞禽取出来，诧异说："是谁那么不仔细，把人家的传书鸽打死了！"③他说时，从鸽翼下取出一封长的小信来，那信已被水浸透了；我们慢慢把它展开，披在一块石上。

　　"我们先看看这是从哪里来，要寄到哪里去的，然后给他寄去，如何？"我一面说，一面看着。但那上头不特地址没有，甚至上下的④款识也没有。

黄先生说："我们先看看里头写的是什么，不必讲私德了。"

我笑着说："是，没有名字的信就是公的；所以我们也可以⑤披阅一遍。"

于是我们一同念着：

你叫昆儿带银翎、翠翼来，吩咐我，若是他们空着回去，就是我还平安的意思。我恐怕他知道，把这两只小宝贝寄在霞妹那里；谁知道前天她开笼搁饲料的时候，不提防把翠翼放走了！

嗳，爱者，你看翠翼没有带信回去，定然很安心，以为我还平安无事。我也很盼望你常想着我的精神和去年一样。⑥不过现在不能不对你说的，就是过几天人就要把我接去了！我不得不叫你速速来和他计较。你一来，什么事都好办了。因为他怕的是你和他讲理。

嗳，爱者，你见信以后，必得前来，不然，就见我不着；以后只能在累累⑦荒冢中读我的名字了，这不是我不等你，时间不让我等你哟！

我盼望银翎平平安安地带着他的使命回去。

我们念完，黄先生道："这是怎么一回事？"

⑧"谁能猜呢？反正是不幸的事罢了。现在要紧的，就是怎样处置这封信。我想把他贴在树上，也许有知道这事的人经过这里，可以把他带去。"我摇着头，且轻轻地把信揭起。

黄先生说："不如拿到村里去打听一下，或者容易找出一点线索。"

名师按语

④款识：写在书籍、字画、碑帖等前面的文字。

⑤批阅：对文件阅后加的评语或批示。

⑥简短的几句话表现出写信人焦急的心理，以及盼望着收信人早日到来的急切心理。

⑦荒冢：荒凉的坟墓。

⑧通过"我"和黄先生的对话可以看出两人心地善良，要对不认识的写信人伸出援手。

我们商量之下，就另抄一张起来，仍把原信系在鸽翼底下。黄先生用采掘锹子在溪边挖了一个小坑，把鸽子葬在里头。回头为他立了一座小碑，⑨且从水中淘出几块美丽的小石压在墓上。那墓就在山花盛开的地方，我一翻身，就把些花瓣摇下来，也落在这使者的墓上。

名师按语

⑨细节描写，表现出"我"对生命的热爱与尊重。

名师点金

赏析·启示

这一篇中，作者讲述了"我"与黄先生外出时的小插曲。或许对于别人来说，一只死去的信鸽并不重要。而在"我"的眼里，则是多了些对信鸽的关注。跟随着"我"的视线，读者会看到信鸽肩负着重要的使命——它的主人有重要的信息需要传递。面对这样的情况，"我"与黄先生果断地采取措施，希望帮助信鸽的主人。这其间闪现着浓浓的人性光辉，表现出了两人的善良与对生命的热爱，触动读者的心弦。

※学习·拓展

通信的使者——信鸽

信鸽，顾名思义，就是用来通信的鸽子，是生活中常见的鸽子中衍生、发展和训练出来的一个种群，可以用于航海、商业、新闻、军事、民间通信等。研究表明，鸽子的上喙具有一种能够感应磁场的晶胞，鸽子就是靠地磁来辨别方向的。人类利用鸽子所具备的归巢本能，培育出了通信的使者——信鸽。

蜜蜂和农人

名师导读

雨后,无论是动物还是人类,都重新忙碌起来。蜜蜂在嗡嗡的旋律中成就着酿蜜大业,而人类是否也如蜜蜂一样团结呢?是否懂得在团体协作中加速任务的完成呢?

名师按语

①蓑衣:用不易腐烂的草编织成的用以遮雨的工具。

②造次:匆忙、仓促、鲁莽的意思。

③设问句,发人深省,引发读者对于生命的思考。

④插秧:将秧苗栽插于水田里。

雨刚晴,蝶儿没有①蓑衣,不敢②造次出来,可是瓜棚的四围,已满唱了蜜蜂的"功夫诗":

　　彷彷,徨徨!徨徨,彷彷!

　　生就是这样,徨徨,彷彷!

　　趁机会把蜜酿。

　　大家帮帮忙;

　　别误了好时光。

　　彷彷,徨徨!徨徨,彷彷!

蜂虽然这样唱,那底下坐着三四个农夫却各人担着烟管在那里闲谈。

③人的寿命比蜜蜂长,不必像它们那么忙么?未必如此。不过农夫们不懂它们的歌就是了。但农夫们工作时,也会唱的。他们唱的是:

　　村中鸡一鸣,

　　阳光便上升,

　　太阳上升好④插秧。

名师按语

⑤运用歌谣来表现人性的自私，既现实又残酷。

禾秧要水养，
⑤各人还为踏车忙。
东家莫截西家水；
西家不借东家粮。
各人只为各人忙……
"各人自扫门前雪，
不管他人瓦上霜。"

名师点金

赏析·启示

作者在这部分描绘了两幅不同的劳动画面，暗含着对于人类的讽刺。蜜蜂在劳作时勤勤恳恳、互相协作，这种团体意识在酿蜜的过程中表现得最为充分，而人类与蜜蜂相比却相形见绌。通过农夫劳作时的歌谣可以看出人类的自私，歌谣中出现的"各人自扫门前雪，不管他人瓦上霜"形象地写出了人类的本性 。"人的寿命比蜜蜂长，不必像它们那么忙么？"这一问句更是发人深省，引起读者对于自身的反思。作者通过两首歌谣进行对比，深刻地抨击了人类的本性，将团结协作的益处清晰地呈现在读者面前，起到很好的警醒意义。

※学习·拓展

蜜蜂的分类

蜜蜂主要分为雄蜂、蜂王、工蜂三种。雄蜂的任务是和蜂王交配繁殖后代，它们不参加酿造和采集生产，个体比工蜂大些。雄蜂是由未受精卵发育而成的,在较大的雄蜂房里发育,工蜂对它的哺育也较好。整个发育过程中,雄蜂幼虫的食量要比工蜂幼虫大好几倍。蜂王是雌蜂,是蜜蜂家族的绝对"统治者",它具有生殖能力,负责产卵繁殖后代,同时"治理"这个家族。有些成员较多的蜜蜂家族会为蜂王制造特殊的蜂房——王台。工蜂的任务主要是采集食物、哺育幼虫、泌蜡造脾、泌浆清巢、保巢攻敌等。蜂巢内的各种维护工作基本上都是工蜂完成的,工蜂与蜂王一样也是由受精卵发育成的。

落花生

·名师导读·

　　每位父亲对自己的子女都有独特的教育方式，同样也寄予着不同的期望。许地山的父亲是一名爱国志士，对子女自是寄予厚望，那么这样一位伟大的父亲会怎样教育自己的孩子呢？

名师按语

①荒芜：田地因无人管理而杂草丛生。

②描绘了一幅美好的家庭劳动画面，充满了生活气息。

　　我们屋后有半亩隙地。母亲说："让他①荒芜着怪可惜，既然你们那么爱吃花生，就辟来做花生园罢。"我们几姐弟和几个小丫头都很喜欢——②买种的买种，动土的动土，灌园的灌园；过不了几个月，居然收获了！

　　妈妈说："今晚我们可以做一个收获节，也请你们爹爹来尝尝我们的新花生，如何？"我们都答应了。母亲把花生做成好几样的食品，还吩咐这节期要在园里的茅亭举行。

　　那晚上的天色不大好，可是爹爹也到来，实在很难得！爹爹说："你们爱吃花生么？"

　　我们都争着答应："爱！"

　　"谁能把花生的好处说出来？"

　　姐姐说："花生的气味很美。"

　　哥哥说："花生可以制油。"

　　我说："无论何等人都可以用贱价买它来吃；都喜

欢吃它。这就是它的好处。"

爹爹说："花生的用处固然很多，但有一样是很可贵的。③这小小的豆不像那好看的苹果、桃子、石榴，把它们的果实悬在枝上，鲜红嫩绿的颜色，令人一望而发生羡慕的心。它只把果子埋在地底，等到成熟，才容人把他挖出来。你们偶然看见一棵花生瑟缩地长在地上，不能立刻辨出它有没有果实，非得等到你接触它才能知道。"

我们都说："是的。"母亲也点点头。④爹爹接下去说："所以你们要像花生，因为它是有用的，不是伟大、好看的东西。"我说："那么，人要做有用的人，不要做伟大、体面的人了。"爹爹说："这是我对于你们的希望。"

我们谈到夜阑才散，所有花生食品虽然没有了，然而父亲的话现在还印在我心版上。

名师点金

赏析·启示

这一篇，作者讲述了一段童年的经历，从中可以看出作者生活在一个充满温暖和关爱的家庭中。在"收获节"庆祝仪式上，父亲给孩子们上了人生中意义非凡的一课。通过花生与苹果、桃子、石榴的对比，表面上是赞颂花生甘于平凡、默默付出的精神，实则是赞颂具有奉献付出品格的人。父亲语重心长的教导，对作者的影响深远，后来，作者以"落华生"为笔名，时刻激励自己做有用的人，最终成为一名著名作家。

※学习·拓展

许地山的父亲

　　许地山的父亲名叫许南英,是一位充满爱国激情的知识分子。他在甲午战争爆发的时候临危受命,担任团练局统领,满腔的爱国热情在战场上尽情挥洒。《马关条约》签订后,作为台湾筹防局的统领,他率领众多将士反抗日军的入侵,为保卫台湾做出了巨大的贡献。

海

名师按语

①"我"朋友的话表明在大海面前,人类显得那么渺小,能力都受到了限制。

②风狂浪骇:海浪汹涌的可怕情景。

③遇到危险后,面对茫茫的大海,朋友显得惊慌失措,不知该怎么办。

④纵谈:畅所欲言。

①我的朋友说:"人的自由和希望,一到海面就完全失掉了!因为我们太不上算,在这无涯浪中无从显出我们有限的能力和意志。"

我说:"我们浮在这上面,眼前虽不能十分如意,但后来要遇着的,或者超乎我们的能力和意志之外。所以在一个②风狂浪骇的海面上,不能准说我们要到什么地方就可以达到什么地方;我们只能把性命先保持住,随着波涛颠来簸去便了。"

我们坐在一只不如意的救生船里,眼看着载我们到半海就毁坏的大船渐渐沉下去。

③我的朋友说:"你看,那要载我们到目的地的船快要歇息去了!现在在这茫茫的空海中,我们可没有主意啦。"

幸而同船的人,心忧得很,没有注意听他的话。我把他的手摇了一下说:"朋友,这是你④纵谈的时候么?你不帮着划桨么?"

"划桨么？这是容易的事。但要划到哪里去呢？"

我说："在一切的海里，遇着这样的光景，谁也没有带着主意下来，谁也脱不了在上面泛来泛去。我们尽管划罢。"

名师点金

赏析·启示

这一节，作者讲述了一次海难的发生。面对这样的情况，朋友更多表现出的是失望和沮丧，而"我"则是坚定着对于生命的渴望，正如"我"所说："在一切的海里，遇着这样的光景，谁也没有带着主意下来，谁也脱不了在上面泛来泛去。我们尽管划罢。"其实每个人的生命，都是一次航行，你无法预测在这个过程中是一帆风顺，还是遭遇惊涛骇浪。无论前方如何，航行在其中的人只能坚定自己的方向，永往直前。作者表面上描述的是人在遭遇海难后的两种不同心态，实际上则是表现了人对于生活的两种不同态度。

※学习·拓展

大海下面的黑暗

生活中我们总是在描述对大海的敬仰与热爱，却不愿去触碰那些灰色的词汇，譬如：海难。海难主要是指船舶在海上遭遇到自然灾害或其他意外事故所造成的危难。海难所带来的损失是巨大的，它不仅会造成巨大的财产损失，也会带来惨重的人员伤亡。尽管造成海难的自然条件和其他客观原因有很多，有些甚至是突发性和非人力所能控制的，但是人为因素还是主要的。大多数海上事故都是由于驾驶人员的疏忽和过失造成的。因此乘船的过程中，一定要时刻警惕，保护好自己的人身安全。

山 响

·名师导读·

　　山间四季的更替是一种很正常的自然现象，越是与生活接近的，越不会受过度关注。如果让你说出你所看到的变化，你能够说出什么？

名师按语

①运用拟人的修辞手法，将山间的声音描绘得惟妙惟肖。

②哀求：苦苦地请求。

③不可思议：无法想象、难以理解。

①群峰彼此谈得呼呼地响。它们的话语，给我猜着了。

　　这一峰说："我们的衣服旧了，该换一换啦。"

　　那一峰说："且慢罢，你看，我这衣服好容易从灰白色变成青绿色，又从青绿色变成珊瑚色和黄金色——质虽是旧的，可是形色还不旧。我们多穿一会罢。"

　　正在商量的时候，它们身上穿的，都出声②哀求说："饶了我们，让我们歇歇罢。我们的形态都变尽了，再不能为你们争体面了。"

　　"去罢，去罢，不穿你们也算不得什么。横竖不久我们又有新的穿。"群峰都出着气这样说。说完之后，那红的、黄的彩衣就陆续褪下来。

　　我们都是天衣，那③不可思议的灵，不晓得甚时要把我们穿着得非常破烂，才把我们收入天橱。愿他多用一点气力，及时用我们，使我们得以早早休息。

名师点金

赏析·启示

　　作者运用拟人的手法,将山风的呼啸当作山峰的对话,谈话表面上看,山间四季更替是山峰对单调生活的摒弃,实际上则暗含着作者对于"生本不乐"思想的倾诉。生活中的人们,总是在热切地歌颂生命,忌讳甚至讨厌与死亡相关的一切成分。祈求生命的延续与永恒,本是人类最本能、最强烈的愿望,当人的生命遭受到威胁或是逼迫的时候,就会引发痛苦和忧患。但是作者与平常人赞颂生命不同,反而赞颂死亡的快乐,可见作者的生死观是超越生死对立的,死是顺应自然的归本化真。

※学习·拓展

偶像的作用

　　许地山特别崇拜印度的"诗圣"泰戈尔,他曾经翻译过《吉檀迦利》、《在加尔各答途中》等多部泰戈尔的作品,泰戈尔的诗歌、小说和散文都深深地吸引着许地山。为了更全面地认识泰戈尔,他认真研究印度文学,而且在不懈地努力下成为了一名著名的印度文学专家,为中印文化的交流做出了卓越的贡献。

暾将出兮东方

·名师导读·

　　黑暗和光明,在人们的心中似乎本身就有失平衡,更多的人喜欢光明,抵触黑暗。你是如何看待黑暗和光明的呢?是与常人一样讴歌光明,批判黑暗吗?现在让我们一起来倾听作者对于黑暗与光明的评价吧。

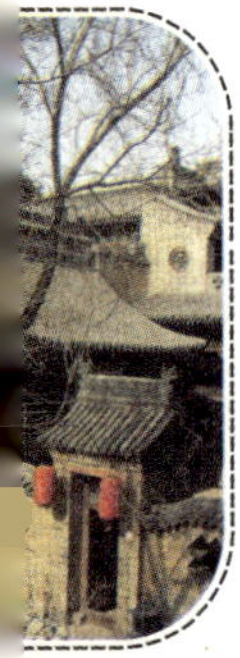

名师按语

①憎恶:憎恨、厌恶。

②作者描写了清晨山间的美景,鸟语花香令人神往。

　　在山中住,总要起得早,因为似醒非醒地眠着,是山中各样的朋友所①憎恶的。②破晓起来,不但可以静观彩云的变幻,和细听鸟语的婉转;有时还从山巅、树表、溪影、村容之中给我们许多可说不可说的愉快。

　　我们住在山压檐牙阁里,有一次,在曙光初透的时候,大家还在床上眠着,耳边恍惚听见一队童男女的歌声,唱道:

　　　　榻上人,应觉悟!

　　　　晓鸡频催三两度。

　　　　君不见——

　　　　"暾将出兮东方",

　　　　微光已透前村树?

　　　　榻上人,应觉悟!

　　往后又跟着一节和歌:

　　　　暾将出兮东方!

　　　　暾将出兮东方!

会见新曦被四表，

使我乐今无央。

③那歌声还接着往下唱，可惜离远了，不能听得明白。

啸虚对我说："这不是十年前你在学校里教孩子唱的么？怎么会跑到这里唱起来？"

我说："我也很诧异，因为这首歌，连我自己也早已忘了。"

"你的暮气满面，当然会把这歌忘掉。我看你现在要用赞美光明的声音去赞美黑暗哪。"

我说："不然，不然。你何尝了解我？本来，黑暗是不足④诅咒，光明是无须赞美的。光明不能增益你什么，黑暗不能妨害你什么，你以何因缘而生出差别心来？若说要赞美的话：在早晨就该赞美早晨；在日中就该赞美日中；在黄昏就该赞美黄昏；在长夜就该赞美长夜；在过去、现在、将来一切时间，就该赞美过去、现在、将来一切时间。说到诅咒，亦复如是。"

那时，朝曦已射在我们脸上，我们立即起来，计划那日的游程。

名师按语

③"可惜"两字写出了"我"还想听下去的心情，歌声引出后面关于黑暗与光明的讨论。

④诅咒：原指祈祷神鬼加祸于所恨的人，另指咒骂。

名师点金

赏析·启示

"我"与友人在听到童谣后唤起了过往的回忆，歌谣是"我"曾经在学校所作，有所不同的是"我"的那份朝气已不复存在。但是故事并没有在此处停笔，而是"我"与友人展开了关于黑暗与光明的讨论。生活中人们都渴望着光明的到来，抵触甚至畏惧黑暗，但是"我"却持有不同的观点，"我"解释了黑暗与光明的本身意义，认为黑暗一样是值得赞美的。本文表现出作者对于难以逆料的未来，主张处之泰然。

※学习·拓展

楚　辞

"暾将出兮东方"出自《楚辞·九歌·东君》："暾将出兮东方，照吾槛兮扶桑。"楚辞又称"楚词"，是战国后期以屈原为代表的诗人，在楚歌的基础上开创的一种新诗体。作品主要运用楚地的文学样式、方言声韵来叙写楚地的山川人物、历史风情等。楚辞是继《诗经》后，又一部对我国文学影响深远的诗歌总集，其间洋溢着浓厚的地方特色，是我国第一部浪漫主义诗歌总集。

万物之母

·名师导读·

　　母爱是世间最伟大的爱,在怀胎十月的过程中,母亲一直满心期待着自己的婴孩,对于母亲来说孩子就如同自己的生命,所以如果有一天自己的孩子不幸夭折,那么母亲的命运可想而知……

①在这经过离乱的村里,荒屋破篱之间,每日只有几缕零零落落的炊烟冒上来;那人口的稀少可想而知。你一进到无论哪个村里,最喜欢遇见的,是不是村童在②阡陌间或园圃中跳来跳去;或走在你前头,或随着你步后模仿你的行动?村里若没有孩子们,就不成村落了。在这经过离乱的村里,不但没有孩子,而且有(人)向你要求孩子!

这里住着一个不满三十岁的寡妇,一见人来,便要求,说:"善心善行的人,求你对那位总爷说,把我的儿子给回。那穿虎纹衣服、戴虎儿帽的便是我的儿子。"

她的儿子被乱兵杀死已经多年了。她从不会忘记:总爷把无情的剑拔出来的时候,那穿虎纹衣服的可怜儿还用双手招着,要她搂抱。她要跑去接的时候,她的精神已和黄昏的霞光一同③麻痹而熟睡了。唉,最惨的岂不是人把寡妇怀里的生子夺过去,且在她面前害死吗?要她在醒后把这事完全藏在她记忆的多宝箱里,可

名师按语

①开篇就渲染了荒凉凄清的气氛。

②阡陌:田间小路。

③麻痹:身体某部分的感觉或运动功能部分丧失或完全丧失。

以说，比剖芥子来藏须弥还难。

④她的屋里排列了许多零碎的东西，当时她儿子玩过的团也在其中。在黄昏时候，她每把各样东西抱在怀里说："我的儿，母亲岂有不救你，不保护你的？你现在在我怀里咧。不要作声，看一会人来又把你夺去。"可是一过了黄昏，她就立刻醒悟过来，知道那所抱的不是她的儿子。

那天，她又出来找她的"命"。月的光明蒙着她，使她在不知不觉间进入村后的山里。那座山，就是白天也少有人敢进去，何况在盛夏的夜间，杂草把樵人的小径封得那么严！她一点也不害怕，攀着小树，缘着茑萝，慢慢地上去。

她坐在一块大石上歇息，无意中给她听见了一两声的儿啼。她不及判别，便说："我的儿，你藏在这里么？我来了，不要哭啦。"

她从大石下来，随着声音的来处，爬入石下一个洞里。但是里面一点东西也没有。她很⑤疲乏，不能再爬出来，就在洞里睡了一夜。

第二天早晨，她醒时，心神还是非常恍惚。她坐在石上，耳边还留着昨晚上的儿啼声。这当然更要动她的心，所以那方从霭云被里钻出来的朝阳无力把她脸上和鼻端的珠露晒干了。⑥她在瞻顾中，才看出对面山岩上坐着一个穿虎纹衣服的孩子。可是她看错了！那边坐着的，是一只虎子；它的声音从那边送来很像儿啼。她立即离开所坐的地方，不管当中所隔的谷有多么深，尽管攀缘着，向那边去。不幸早露未干，所依附的都很湿滑，一失手，就把她溜到谷底。

她昏了许久才醒回来。小伤总免不了，却还能够走

名 师 按 语

⑦她的话语和行为足见丧失儿子对她精神上造成的折磨和沉重打击。

动。她爬着，看见身边暴露了一副小骷髅。

⑦"我的儿，你方才不是还在山上哭着么？怎么你母亲来得迟一点，你就变成这样？"她把骷髅抱住，说，"呀，我的苦命儿，我怎能把你医治呢？"悲苦尽管悲苦，然而，自她丢了孩子以后，不能不算这是她第一次的安慰。

从早晨直到黄昏，她就坐在那里，不但不觉得饿，连水也没喝过。零星几点，已悬在天空，那天就在她的安慰中过去了。

她忽想起幼年时代，人家告诉她的神话，就立起来说："我的儿，我抱你上山顶，先为你摘两颗星星下来，嵌入你的眼眶，教你看得见；然后给你找相像的皮肉来补你的身体。可是你不要再哭，恐怕给人听见，又把你夺过去。"

"敬姑，敬姑。"找她的人们在满山中这样叫了好几声，也没有一点影响。

"也许她被那只老虎吃了。"

"不，不对。前晚那只老虎是跑下来捕云哥圈里的牛犊被打死的。如果那东西把敬姑吃了，决不再下山来赴死。我们再进深一点找罢。"

唉，他们的工夫白费了！

纵然找着她，若是她还没有把星星抓在手里，她心里怎能平安，怎肯随着他们回来？

名师点金

赏析·启示

　　文章开篇就渲染了悲凉凄清的气氛,在一个荒芜的村落,一名失去孩子的寡妇,读者似乎可以预知故事的悲剧性。作者将寡妇的种种痴狂描写得生动形象,这更唤起读者的同情。作者控诉了战争对人民犯下的罪行,又用文学的力量歌颂着万物之母,歌颂着母爱。寡妇痴狂后的种种行为,更能体现她失去儿子后沉痛的心情,增添了人物的悲剧性,使文章具有裂人肝胆的控诉力量。

※学习·拓展

茑萝

　　茑萝出自《诗经》"茑为女萝,施于松柏",意思是说兄弟亲戚相互依附。茑萝并非中国本土植物,而是产自墨西哥,又名五角星花、羽叶茑萝。茑萝单叶互生,叶的裂片细长,花朵从叶腋下生出,花梗的长度寸余,上面有很多朵五角星状的小花,呈现深红的颜色,也有白色的,每天开放一批,但是午后就会凋谢。

补破衣的老妇人

名师导读

　　每个人的心中都有自己最珍惜的东西,缝补的老妇人视零碎的破布如珍宝,从事文字工作的父亲视零碎的文件为珍宝,那么你呢?你生命中的珍宝是什么呢?

名师按语

①开篇的细雨渲染气氛,表现老妇人的沧桑。

②可以看出她对这些布料的珍惜,不禁使人好奇她为何会如此。

③虽然满面沧桑,却可以看出老妇人性格中乐观的一面。

①她坐在檐前,微微的雨丝飘飏下来,多半聚在她脸庞的皱纹上头。她一点也不理会,尽管收拾她的筐子。

②在她的筐子里有很美丽的零剪绸缎,也有很粗陋的麻头、布尾。她从没有理会雨丝在她头、面、身体之上乱扑;只提防着筐里那些好看的材料沾湿了。

那边来了两个小弟兄。也许他们是从学校回来。小弟弟管她叫做"衣服的外科医生";现在见她坐在檐前,就叫了一声。

她抬起头来,望着这两个孩子笑了一笑。③那脸上的皱纹虽皱得更厉害,然而生的痛苦可以从那里挤出许多,更能表明她是一个享乐天年的老婆子。

小弟弟说:"医生,你只用筐里的材料在别人的衣服上,怎么自己的衣服却不管了?你看你肩脖补的那一块又该掉下来了。"

老婆子摸一摸自己的肩脖,果然随手取下一块小

方布来。她笑着对小弟弟说："你的眼睛实在精明!我这块原没有用线缝住;因为早晨忙着要出来,只用浆子暂时糊着,盼望晚上回去④弥补;不提防雨丝替我揭起来了! ……这揭得也不错。我,既如你所说,是一个衣服的外科医生,那么,我是不怕自己的衣服害病的。"

她仍是整理筐里的零剪绸缎,没理会雨丝零落在她身上。

哥哥说:"我看爸爸的手册里夹着许多的零剪文件;他也是像你一样:不时地翻来翻去。他……"

弟弟插嘴说:"他也是另一样的外科医生。"

老婆子把眼光射在他们身上,说:"哥儿们,你们说得对了。⑤你们的爸爸爱惜小册里的零碎文件,也和我爱惜筐里的零剪绸缎一般。他凑合多少地方的好意思,等用得着时,就把他们编连起来,成为一种新的理解。所不同的,就是他用的是头脑,我用的只是指头便了。你们叫他做……"

说到这里,父亲从里面出来,问起⑥事由,便点头说:"老婆子,你的话很中肯哟。我们所为,原就和你一样,东搜西罗,无非是些绸头、布尾,只配用来补补破衲袄罢了。"

父亲说完,就下了石阶,要在微雨中到葡萄园里,看看他的葡萄长芽了没有。这里孩子们还和老婆子争论着要号他们的爸爸做什么样的医生。

名师点金

赏析·启示

　　每个人都有自己珍惜的东西，可能在别人的眼里并不珍贵，但是自己却将其视为珍宝。比如老妇人手中零碎的布料，比如父亲手册里零碎的文件等等。如果你能够合理地整理别人眼中零碎的文件，就能够使它们成为有用的文字；如果你没有合理正确的方法，那么这些知识只不过是你手中零碎的布料，毫无用处。

※学习·拓展

关于外科医生的故事

　　所谓外科医生，主要是指从事诊断外科疾病，为患者提供手术治疗的医务工作者。外科医生的工作内容包括：通过对病人的病史、病情、身体条件进行分析，确认做手术的必要性，并制定手术方案，实施手术；在术后观察病人的情况，根据病情的变化给予相应的治疗措施；在病人住院期间询问、检查病人的身体，根据恢复情况酌情对病人用药。

桥 边

名师导读

　　每个人都经历过懵懂的青涩爱恋,那个时期以为一个承诺就是永远,以为对方的一个信物就是自己坚守一生的凭证,但是如果那个信物不小心丢失或是毁坏的话,脆弱的心会经历怎样的挣扎呢?

　　①我们住的地方就在桃溪溪畔。夹岸遍是桃林:桃实、桃叶映入水中,更显出溪边的静谧。真想不到仓皇出走的人还能享受这明媚的景色!我们日日在林下游玩;有时踱过溪桥,到朋友的蔗园里找新生的甘蔗吃。

　　这一天,我们又要到蔗园去,刚踱过桥,便见阿芳——蔗园的小主人——很忧郁地坐在桥下。

　　"阿芳哥,起来领我们到你园里去。"他举起头来,望了我们一眼,也没有说什么。

　　我哥哥说:"阿芳,你不是说你一到水边就把一切的烦闷都洗掉了吗?你不是说,你是水边的蜻蜓么?你看歇在水荭花上那只蜻蜓比你怎样?"

　　"不错。然而今天就是我第一次的忧闷。"

　　我们都下到岸边,围绕住他,要打听这回事。他说:"方才红儿掉在水里了!"红儿是他的②腹婚妻,天天都和他在一块儿玩的。我们听了他这话,都惊讶得很。

名师按语

　　①开篇环境描写,令读者仿佛置身陶渊明笔下的桃花源一般。

　　②腹婚妻:旧时指腹为婚的妻子。

哥哥说:"那么,你还能在这里闷坐着吗?还不赶紧去叫人来?"

"我一回去,我妈心里的忧郁怕也要一颗一颗地结出来,像桃实一样了。我宁可独自在此忧伤,不忍使我妈妈知道。"

我的哥不等说完,一股气就跑到红儿家里。这里阿芳还在皱着眉头,我也眼巴巴地望着他,一声也不响。

"谁掉在水里啦?"

我一听,是红儿的声音,速回头一望,果然哥哥携着红儿来了!③她笑眯眯地走到芳哥跟前,芳哥像很惊讶地望着她。很久,他才出声说:"你的话不灵了么?方才我贪着要到水边看看我的影儿,把他搁在树丫上,不留神轻风一摇,把他摇落水里。他随着流水往下流去;我回头要抱他,他已不在了。"

③"笑眯眯"与"惊讶"形成对比,引发读者的好奇心理。

红儿才知道掉在水里的是她所赠予的小团。她曾对阿芳说那小团也叫红儿,若是把她丢了,便是丢了她。所以芳哥这么④谨慎看护着。

④谨慎:对外界事物或自己言行密切注意,以免发生不利或不幸的事情。

芳哥实在以红儿所说的话是千真万真的,看今天的光景,可就叫他怀疑了。他说:"哦,你的话也是不准的!我这时才知道丢了你的东西不算丢了你,真把你丢了才算。"

我哥哥对红儿说:"无意的话倒能教人深信:芳哥对你的信念,头一次就在无意中给你打破了。"

⑤红儿也不着急,只优游地说:"信念算什么?要真相知才有用哪……也好,我借着这个就知道他了。我们还是到蔗园去罢。"

⑤红儿的话虽说得"优游",却暗含深刻的哲理,发人深省。

我们一同到蔗园去,芳哥方才的忧郁也和糖汁一同吞下去了。

名师点金

赏析·启示

这一节,作者讲述了人间的真挚情爱,表达了至高无上的两性"真相知"的恋爱观。面对阿芳的悲伤,红儿却说:"信念算什么?要真相知才有用呢。"看似朴素的恋爱观,却是现代人很难达到的爱情至高境界。作者没有运用大篇幅去描述两人的真爱只是凭借细微的动作,朴素的话语,就向读者讲述了人生应追求的真爱。

※学习·拓展

指腹为婚

东汉初年,将军贾复跟随刘秀南征北战,但是不幸在战斗中身负重伤,光武帝刘秀非常的痛心。在知道贾复妻子怀孕后,就对他说:"如果你生女儿的话,我儿子娶她;如果你生儿子的话,我女儿嫁给他。"可以说他们开创了指腹为婚的先河,自此成为后世的婚姻风俗。双方家长会在孩子尚未出生的时候,为他们定亲。为了防止男女双方长大以后不履行诺言,就将衣襟裁为两段,各执一段作为凭证。

花香雾气中的梦

名师导读

或许,感情都要经历从最初的激情到最后平淡的过程,但是平淡的尽头是什么呢?如果生活平淡得就像无味的菜肴,那么你还有品尝的欲望吗?在梦中,丈夫的消失会让妻子产生怎样的想法呢?他们的生活会有所改变吗?

名师按语

①运用比喻、拟人的修辞手法将自己感受到的冷形象地表现了出来。

②夫妻间的对话虽然简单,却充满生活的气息,使人备感温馨。

③通过夫妻的调侃,可以看出两人的感情深厚。

在覆茅涂泥的山居里,那阻不住的花香和雾气从疏帘窜进来,直扑到一对梦人身上。妻子把丈夫摇醒,说:"快起罢,我们的被褥快湿透了。①怪不得我总觉得冷,原来太阳被囚在浓雾的监狱里不能出来。"

那梦中的男子,心里自有他的温暖,身外的冷与不冷他毫不介意。②他没有睁开眼睛便说:"哎呀,好香!许是你桌上的素馨露洒了罢?"

"哪里?你还在梦中哪。你且睁眼看帘外的光景。"

③他果然揉了眼睛,拥着被坐起来,对妻子说:"怪不得我净梦见一群女子在微雨中游戏。若是你不叫醒我,我还要往下梦哪。"

妻子也拥着她的绒被坐起来说:"我也有梦。"

"快说给我听。"

"我梦见把你丢了。我自己一人在这山中遍处找寻你,怎么也找不着。我越过山后,只见一个美丽的女郎挽着一篮珠子向各树的花叶上头乱撒。我上前去向她

名师按语

④滑稽：言语、动作或事态令人发笑。

⑤画押：旧时在公文、契约或供状上画花押或写"押"字、"十"字，表示认可。

⑥砭人肌骨：形容寒气像针扎一样使人肌肤、骨节感到痛苦。

问你的下落，她笑着问我：'他是谁，找他干什么？'我当然回答，他是我的丈夫……"

"原来你在梦中也记得他！"他笑着说这话，那双眼睛还显出很④滑稽的样子。

妻子不喜欢了。她转过脸背着丈夫说："你说什么话！你老是要挑剔人家的话语，我不往下说了。"她推开绒被，随即呼唤丫头预备脸水。

丈夫速把她揪住，央求说："好人，我再不敢了。你往下说罢。以后若再饶舌，情愿挨罚。"

"谁稀罕罚你？"妻子把这次的和平⑤画押了。她往下说，"那女人对我说，你在山前柚花林里藏着。我那时又像把你忘了。……"

"哦，你又……不，我应许过不再说什么的；不然，我就要挨罚了。你到底找着我没有？"

"我没有向前走，只站在一边看她撒珠子。说来也很奇怪：那些珠子黏在各花叶上都变成五彩的零露，连我的身体也沾满了。我忍不住，就问那女郎。女郎说：'东西还是一样，没有变化，因为你的心思前后不同，所以觉得变了。你认为珠子，是在我撒手之前，因为你想我这篮子决不能盛得露水。你认为露珠时，在我撒手之后，因为你想那些花叶不能留住珠子。我告诉你：你所认的不在东西，乃在使用东西的人和时间；你所爱的，不在体质，乃在体质所表的情。你怎样爱月呢？是爱那悬在空中已经老死的暗球么？你怎样爱雪呢？是爱它那种⑥砭人肌骨的凛冽么？'"

"她一说到雪，我打了一个寒噤，便醒起来了。"

丈夫说："到底没有找着我。"

妻子一把抓住他的头发，笑说："这不是找着了吗？……我说，这梦怎样？"

　　"凡你所梦都是好的。那女郎的话也是不错。我们最愉快的时候岂不是在接吻后，彼此的凝视吗？"他向妻子痴笑，妻子把绒被拿起来，盖在他头上，说："恶鬼！这会可不让你有第二次的凝视了。"

名师点金

赏析·启示

　　面对已经归于平淡的爱情，作者并没有表现两人平淡后的无言以对，而是去歌颂那份依旧在两人之间流动的情愫。夫妻两人的对话可以看出两人的感情亲密，或许生活已经失去以往的激情，却能够依旧彼此恩爱，这不正是人类一生的追求吗？爱情的存在，才能够使生活充满美好的向往。作者在文中洋溢着对美好生活的赞美，他宣扬着幸福的精神，令美好的爱情充满了诗意。

※学习·拓展

素馨花

　　素馨花属于木犀科，又叫素英、素馨针，花朵多数是白色的，散发着浓郁的香气。最初产于岭南，它喜欢温暖、湿润的气候和阳光充足的环境。如果希望它长势良好的话，就要将它植于腐殖质丰富的沙壤土中。素馨花在古代多用作妇女的头饰，是栽培广泛的观赏花卉。素馨不仅用于观赏，也有很高的药用价值，可以用来制作中药。

荼 蘼

•名师导读•

　　面对男女的感情，人总是会变得极度敏感，好奇对方突然的示好，有时甚至误以为是爱情的标识，但是落花有意，流水无情，有的时候不过是一方的心甘情愿罢了，如果一个女孩经历这样的一厢情愿，会有怎样的思想活动呢？

名师按语

①荼蘼:现作"荼蘼"，落叶小灌木、攀缘茎，茎上有钩状的刺。花语为"分离、伤心、不吉祥"。

　　我常得着男子送给我的东西，总没有当他们做宝贝看。我的朋友师松却不如此，因为她从不曾受过男子的赠予。

　　自鸣钟敲过四下以后，山上礼拜寺的聚会就完了。男男女女像出圈的羊，争要下到山坡觅食一般。那边有一个男学生跟着我们走，他的正名字我忘记了，我只记得人家都叫他做宗之。他手里拿着一枝①荼蘼，且行且嗅。荼蘼本不是香花，他嗅着，不过是一种无聊举动便了。

　　"松姑娘，这枝荼蘼送给你。"他在我们后面嚷着。松姑娘回头看见他满脸堆着笑容递着那花，就速速伸手去接。她接着说："很多谢，很多谢。"宗之只笑着点点头，随即从西边的山径转回家去。

　　"他给我这个，是什么意思？"

　　"你想他有什么意思，他就有什么意思。"我这样回答她。走不多远，我们也分途各自家去了。

名师按语

②师松对荼蘼的珍惜，表现出她心里暗自涌动的情愫。

③宗之的一句请便使大家幻想的泡沫破碎了。原来只是误会而已。"直接"一词写出了宗之的直白坦率。

④沉吟：犹豫、迟疑、深思。

②她自下午到晚上不歇把弄那枝荼蘼。那花像有极大的魔力，不让她撒手一样。她要放下时，每觉得花儿对她说："为什么离夺我？我不是从宗之手里递给你，交你照管的吗？"

呀，宗之的眼、鼻、口、齿、手、足、动作，没有一件不在花心跳跃着，没有一件不在她眼前的花枝显现出来！她心里说：你这美男子，为甚缘故送给我这花儿？她又想起那天经坛上的讲章，就自己回答说："因为他顾念他使女的卑微，从今而后，万代要称我为有福。"

这是她爱荼蘼花，还是宗之爱她呢？我也说不清，只记得有一天我和宗之正坐在榕树根谈话的时候，他家的人跑来对他说："松姑娘吃了一朵什么花，说是你给她的，现在病了。她家的人要找你去问话咧。"

他吓了一跳，也摸不着头脑，只说："我哪时节给她东西吃？这真是！……"

我说："你细想一想。"他怎么也想不起来。我才提醒他说："你前个月在斜道上不是给了她一朵荼蘼吗？"

"对呀，可不是给了她一朵荼蘼！可是我哪里叫她吃了呢？"

"为什么你单给她，不给别人？"我这样问他。

③他很直接地说："我并没有什么意思，不过随手摘下，随手送给别人就是了。我平素送了许多东西给人，也没有什么事；怎么一朵小小的荼蘼，就可使她着了魔？"

他还坐在那里④沉吟，我便促他说："你还能在这里坐着么？不管她是误会，你是有意，你既然给了她，现在就得去看她一看才是。"

"我哪有什么意思？"

⑤我说："你且去看看罢。蚌蛤何尝立志要生珠子呢？也不过是外间的沙粒偶然渗入它的壳里，它就不得不用尽工夫分泌些黏液把那小沙裹起来罢了。你虽无心，可是你的花一到她手里，管保她不因花而爱起你来吗？你敢保她不把那花当做你所赐给爱的标识，就纳入她的怀中，用心里无限的情思把它围绕得非常严密吗？也许她本无心，但因你那美意的沙无意中掉在她爱的贝壳里，使她不得不如此。不用踌躇了，且去看看罢。"

宗之这才站起来，皱一皱他那副冷静的脸庞，跟着来人从林菁的深处走出去了。

名师点金

赏析·启示

坠入情网的女子，多会变得善感忧郁，文中的师松在收到宗之的茶蘼花后，搅乱了心绪，陷入了迷情，最后不可自拔误食情花中毒着魔。可是落花有意，流水无情。宗之并没有任何想法，只是简单的赠予。本文细腻而真切地描绘了少女情窦初开的过程，表现了作者对人生哲理和佛理情缘的思考。师松中毒的原因不在于茶蘼，而在于自己，她将"外间偶然涌入的沙粒"视为"爱的标识"，"用尽工夫沁些黏液裹起来"，"用心里无限的情思围绕"，所以"着了魔"。而作品中的"我""总没有当它们做宝贝看"，才避免了陷入人生的迷途。

※学习·拓展

荼蘼花

荼蘼花，属落叶小灌木，攀缘茎，茎上有钩状的刺，花朵白色，带有淡淡的香气。荼蘼花的花期多集中于春末夏初，可以说是春天最后一种开放的花。荼蘼一旦凋零，不仅意味着花期的结束，也意味着春的终止，所以这种植物常被人们赋予悲伤的含义，比如"花开荼蘼"，往往表示结局没有预期的完美，最终以悲伤收场，给人以绝望和颓废之感。

难解决的问题

•名师导读•

　　爱情是神圣不可侵犯的,但是如果被众多女子倾心,作为一个男人,面对难以抉择的难题时,该怎样处理才不伤害他人?是快刀斩乱麻,还是优柔寡断?

　　我叫同伴到钓鱼矶去赏荷,他们都不愿意去,剩我自己走着。我走到清佳堂附近,就坐在山前一块石头上歇息。在①瞻顾之间,小山后面一阵唧咕的声音夹着蝉声送到我耳边。

　　谁愿意在优游的天日中故意要找出人家的秘密呢?然而宇宙间的秘密都从无意中得来。所以在那时候,我不离开那里,也不把两耳掩住,任凭那些声浪在耳边荡来荡去。

　　②辟头一声,我便听得:"这实是一个难解决的问题。……"

　　既说是难解决,自然要把怎样难的理由说出来。这理由无论是局内、局外人都爱听的。以前的话能否钻入我耳里,且不用说,单是这一句,使我不能不注意。

　　山后的人接下去说:"在这三位中,你说要哪一位才合适?……梅说要等我十年;白说要等到我和别人结婚那一天;区说非嫁我不可——她要终生等我。"

名师按语

①瞻顾:有所顾虑、犹豫不决。

②辟头:开头。

名师按语

③景况：事物的各种情况。

④达观：明白事理。

⑤小鸳鸯的自然情感和人类爱情的非自然状态——男子取舍难定、三位女子从自身不同境况考虑做出不同承诺——形成鲜明对比，赞美自然的情感。

"那么，你就要区罢。"

"但是梅的③景况，我很了解。她的苦衷，我应当原谅。她能为了我牺牲十年的光阴，从她的境遇看来，无论如何，是很可敬的。设使梅居区的地位，她也能说，要终生等我。"

"那么，梅、区都不要，要白如何？"

"白么？也不过是她的环境使她这样④达观。设使她处着梅的景况，她也只能等我十年。"

⑤会话到这里就停了。我的注意只能移到池上，静观那被轻风摇摆的茭荷。呀，叶底那对小鸳鸯正在那里歇午哪！不晓得它们从前也曾解决过方才的问题没有？不上一分钟，后面的声音又来了。

"那么，三个都要如何？"

"笑话，就是没有理性的兽类也不这样办。"

又停了许久。

"不经过那些无用的礼节，各人快活地同过这一辈子不成吗？"

"唔……唔……唔……这是后来的话，且不必提，我们先解决目前的困难罢。我实不肯故意辜负了三位中的一位。我想用拈阄的方法瞎挑一个就得了。"

"这不更是笑话吗？人间哪有这么新奇的事！她们三人中谁愿意遵你的命令，这样办呢？"

他们大笑起来。

"我们私下先拈一拈，如何？你权当做白，我自己权当做梅，剩下是区的分。"

他们由严重的密语化为滑稽的谈笑了。我怕他们要闹下坡来，不敢逗留在那里，只得先走。

钓鱼矶也没去成。

名师点金

赏析·启示

　　主人公在无意间听到两人的对话,故事就此展开了描述,我们知道一个被三名女子倾心的男子,面对着难以抉择的难题。但他面对难以取舍的爱情苦恼,又采用了抓阄这一可笑的游戏。梅、白、区三位女子则从各自的境况出发确立了对男子的爱情。表现出人类轻率、不自然的爱情观。作者在文中又意味深长地写到小鸳鸯的自然情感。两相对比,作者歌颂了纯真自然的爱情观,表达了返本归真的价值追求。

※学习·拓展

鸳　鸯

　　鸳鸯看上去很像野鸭,形体娇小,嘴扁,颈长,趾间有蹼,是擅长游泳的健将,羽翼长,也可以飞翔。鸳鸯拥有美丽的羽毛,头上有紫黑色的羽冠,羽翼的上部呈现黄褐色,内陆的湖泊和溪流边就是它们嬉戏的天堂。由于它们雌雄形影不离,因此也被称为"匹鸟",成为中国文艺作品中坚贞不移的爱情的化身,备受赞颂。

蛇

名师导读

任何人在看到蛇的时候都会感到畏惧，不论它是有毒还是无毒，但我们是否考虑过蛇的想法呢？它是否一样的在警惕畏惧人类呢？

名师按语

①栟榈：棕榈科栟榈属植物。

②缘故：事情的原因。

③主人公内心的想法充满内涵，引人深思。

在高可触天的①栟榈树下。我坐在一条石凳上，动也不动一下。穿彩衣的蛇也盘在树根上，动也不动一下。多会让我看见它，我就害怕得很，飞也似的离开那里，蛇也和飞箭一样，射入蔓草中了。

我回来，告诉妻子说："今儿险些不能再见你的面！"

"什么②缘故？"

"我在树林见了一条毒蛇：一看见它，我就速速跑回来；蛇也逃走了。……到底是我怕它，还是它怕我？"

妻子说："若你不走，谁也不怕谁。在你眼中，它是毒蛇；在它眼中，你比它更毒呢。"

③但我心里想着，要两方互相惧怕，才有和平。若有一方大胆一点，不是它伤了我，便是我伤了它。

名师点金

赏析·启示

面对毒蛇,畏惧是人们的第一反应,可我们从来没从蛇的角度考虑问题。在这一篇文章中,作者通过妻子的话将我们带入蛇的世界,开始思考它们眼中的我们。正如作者妻子所说"在它眼中,你比它更毒呢"。视角的转换,让作者和读者意识到了我们经常忽略的道理——"要两方互相惧怕,才有和平"。这篇小文以小见大,表现了作者对生活的深刻感悟。

※学习·拓展

桄 榔

桄榔,属于棕榈科桄榔属植物,在我国一般分布于广东、广西、云南等地,越南、泰国、印度尼西亚等地亦有生长。桄榔多生活在灌木、乔木或密林地区。桄榔不仅具有良好的观赏价值,而且具有很高的经济价值。作为森林植物的桄榔,野生性十分强,但是它们却畏惧阳光的暴晒,喜欢荫蔽的环境。

暗　途

名师导读

　　黑暗中前行，是多数人都会畏惧的事情，但如果心中一直被某事挂念的话，就会将心中的那份恐惧压抑，即使前行的路再黑暗再崎岖，也会在心中悬挂起前行的灯。看，文中的吾威不就走在自己的路上吗？

名师按语

①可以看出均哥对吾威的关心。

②张罗：照料处理。

③崎岖：山路不平。

④表现出吾威对家人的关怀和极强的责任感。

①"我的朋友，且等一等，待我为你点着灯，才走。"

　　吾威听见他的朋友这样说，便笑道："哈哈，均哥，你以我为女人么？女人在夜间走路才要用火；男子，又何必呢？不用②张罗，我空手回去罢——省得以后还要给你送灯回来。"

　　吾威的村庄和均哥所住的地方隔着几重山，路途③崎岖得很厉害。若是夜间要走那条路，无论是谁，都得带灯。所以均哥一定不让他暗中摸索回去。

　　均哥说："你还是带灯好。这样的天气，又没有一点月影，在山中，难保没有危险。"

　　吾威说："若想起危险，我就回去不成了。……"

　　"那么，你今晚上就住在我这里，如何？"

　　④"不，我总得回去，因为我的父亲和妻子都在那边等着我呢。"

　　"你这个人，太过执拗了。没有灯，怎么去呢？"均

哥一面说，一面把点着的灯切切地递给他。他仍是坚辞不受。

他说："若是你定要叫我带着灯走，那叫我更不敢走。"

"怎么呢？"

"满山都没有光，若是我提着灯走，也不过是照得三两步远；且要累得满山的昆虫都不安。若凑巧遇见长蛇也冲着火光走来，可又怎办呢？再说，这一点的光可以把那照不着的地方越显得危险，越能使我害怕。在半途中，灯一熄灭，那就更不好办了。不如我空着手走，初时虽觉得有些妨碍，不多一会，什么都可以在幽暗中辨别一点。"

⑤他说完，就出门。均哥还把灯提在手里，眼看着他向密林中那条小路穿进去，才摇摇头说："天下竟有这样怪人！"

吾威在暗途中走着，耳边虽常听见飞虫、野兽的声音，然而他一点害怕也没有。在蔓草中，时常飞些萤火出来，光虽不大，可也够了。他自己说："这是均哥想不到，也是他所不能为我点的灯。"

那晚上他没有跌倒，也没有遇见毒虫野兽，安然地到他家里。

名师按语

⑤均哥的灯是理性的灯，照亮的是人类认识上的光明，他的无奈衬托出吾威对自然、本真的光明的追求。

名师点金

赏析·启示

　　这是一篇充满哲理的文章，作者通过吾威坚持不使用均哥赠予的灯，表达了人生应追求自然的光明的思想。吾威在没使用照明灯的情况下，既没有跌倒，也没有遇到虫蛇，最终安然到家。均哥的灯象征的是人为的理性认知，作者认为理性认知阻隔了人与自然的相融相和，"不过是照得三两步远"，"会累及满山的昆虫"；而吾威崇尚自然、本真的灯，"暗中能听见飞虫野兽的声音"，"（萤火）光虽不大，可也够了"，流溢出暗途中的诗意和愉悦。作者主张用"天人合一"来匡正"主（人类）客（自然）二分"，破解理性牢笼，诗意自由地栖息。

※学习·拓展

生命的光辉——萤火虫

　　萤火虫，是鞘翅目萤科昆虫的通称。它们种类繁多，有2000余种，可它们并不是在什么环境中都能生存的。它们只适宜生活在热带、亚热带和温带地区。它们多在夜间活动，夜间的黑暗是它们玩耍的乐园，它们的卵、幼虫和蛹都能够释放光芒，成虫的光芒具有引诱异性的作用。幼虫分为水生和陆生，一般需要6次蜕变后才进入蛹阶段，然后由蛹变为成虫。萤火虫喜欢栖息于潮湿温暖草木繁盛的地方，所以如果想充分地观赏萤火虫的世界，一定要选好地点哦。

光的死

·名师导读·

生活中,有多少人珍惜过他人的奉献呢?生命中最贵重的莫过于珍惜。但愚蠢的人类,挥霍着别人的无私奉献,嘲讽着别人的辛苦付出,用自己的愚钝伤了那些善良人的心。

光离开他的母亲去到无量无边,一切生命的世界上。因为他走的时候脸上常带着很①忧郁的容貌,所以一切能思维、能造作的灵体也和他表同情;一见他,都低着头容他走过去;甚至带着泪眼避开他。

光因此更烦闷了。他走得越远,力量越不足;最后,他躺下了。他躺下的地方,正在这块大地。在他旁边有几位聪明的天文家互相议论说:"太阳的光,快要无所②附丽了,因为他冷死的时期一天近似一天了。"

光垂着头,低声诉说:"唉,诸大智者,你们为何净在我母亲和我身上担忧?你们岂不明白我是为饶益你们而来么?你们从没有在我面前做过我曾为你们做的事。你们没有接纳我,也没有……"

他母亲在很远的地方,见他躺在那里叹息,就叫他回去说:"我的命儿,我所爱的,你回去罢。我一天一天任你自由地离开我,原是为众生的益处;他们既不承受,你何妨回来?"

名师按语

①忧郁:忧伤郁结、忧虑烦闷。

②附丽:附着,依附。

名师按语

③从光的话语中，我们感受到人类并没有珍惜光的付出而是肆意挥霍，并没有使光得到爱与理解，因此，光成为爱与孤独的承载体。

③光回答说："母亲，我不能回去了。因为我走遍了一切世界，遇见一切能思维、能造作的灵体，到现在还没有一句话能够对你回报。不但如此，这里还有人正咒诅我们哪！我哪有面目回去呢？我就安息在这里罢。"

他的母亲听见这话，一种幽沉的颜色早已现在脸上。他从地上慢慢走到海边，带着自己的身体、威力，一分一厘地浸入水里。

母亲也跟着晕过去了。

名师点金

赏析·启示

在这一节中，光成为了主角，他经历着人生的离别，在太阳母亲的不忍中奔赴温暖人类的旅程，尽管别离的疼痛与前路的艰险一直存在，但是最伤害他的莫过于人类对光的不珍惜。光在奋不顾身付出的过程中得到的只有同情和诅咒，却没有得到爱和理解，加上力量的不足，最终"浸入水中"死去。光的意象明显渗透着五四时期启蒙主义知识分子的悲剧意识——为大众付出爱，却得不到理解。作者正是通过对光的描写，试图唤起人们该有的感恩的心。

※学习·拓展

天文学

对于宇宙，人类总是充满好奇，我们总是幻想着那里是否有生命与智慧的存在，于是就有了研究宇宙空间天体、宇宙结构和发展的一门科学——天文学。以天体和天体运行规律为研究对象的成功人士被称为天文学家，他们主要是通过观测天体发射到地球的辐射，发现并测量它们的位置，并且探索它们的运动规律。天文学虽然是一门古老的科学，但是人类对于宇宙的认识研究还很狭窄；仍旧需要不断扩大视野，探索宇宙奥秘。

"小俄罗斯"的兵

名师导读

社会现实是怎样的呢？真如达尔文《进化论》中说的那样——物竞天择，适者生存吗？在那样一个旧社会，一个可怜的老妇人以种植荔枝为生，生活本就异常艰辛，如果再遭遇一些不测，生活的痛苦可想而知……

名师按语

①累累的果实，深绿的叶子生动形象地表现了荔枝繁茂的长势。

②篱笆：用来保护院子的一种设施。

③可以看出老妇人的贫穷与生活的艰辛。

①短篱里头，一棵荔枝，结实累累。那朱红的果实，被深绿的叶子托住，更是美观；主人舍不得摘它们，也许是为这个缘故。

三两个漫游武人走来，相对说："这棵红了，熟了，就在这里摘一点罢。"他们嫌从正门进去麻烦，就把②篱笆拆开，大摇大摆地进前。一个上树，两个在底下接；一面摘，一面尝，真高兴呀！

③屋里跑出一个老妇人来，哀声求他们说："大爷们，我这棵荔枝还没熟哩，请别作践它；等熟了，再送些给大爷们尝尝。"

树上的人说："胡说，你不见果子已经红了么？怎么我们吃就是作践你的东西？"

"唉，我一年的生计，都看着这棵树。罢了，罢……"

"你还敢出声么？打死你算得什么；待一会，看把你这棵不中吃的树砍来做柴火烧，看你怎样。有能干，

可以叫你们的人到广东吃去。我们那里也有好荔枝。"

唉，这也是战胜者、强者的权利么？

名师点金

赏析·启示

这一篇文章，作者着重于揭示社会的黑暗，通过"小俄罗斯"兵的可恶做法，暗示作者对于社会现实的抨击。那些人对于老妇人可恶的做法，令人气愤。本就是贫困无依的生活，连唯一的生计——荔枝，也要惨遭他人毒手，足见社会的黑暗，表达了作者对弱肉强食的社会的抨击。我们可以感受到作者对于老妇人的同情和那些人的毫不掩饰的厌恶，以悲愤的文字揭示出社会的丑陋。

※学习·拓展

荔 枝

荔枝，原产于中国南部，属于亚热带水果，果皮有鳞斑状的突起，呈现鲜红或是紫红的颜色，果肉是半透明的凝脂状，味道香美，但是却不容易储藏。唐玄宗时，杨贵妃十分喜爱荔枝，玄宗命令臣子从南方进贡新鲜荔枝，因此，杜牧写下"一骑红尘妃子笑，无人知是荔枝来"的千古名句。除此之外，历代的文人墨客咏赞荔枝的诗词还有很多，如苏轼"日啖荔枝三百颗，不辞长作岭南人"。荔枝虽好吃，但是却不宜多食，因为荔枝性热，吃多会上火，引起"荔枝病"。

信仰的哀伤

名师导读

　　作为一个从事艺术创作的人,他需要源源不断的灵感注入他的大脑,一旦灵感失去,他的生命也似乎失去了意义。但是灵感这种微妙的东西,是靠祈求就能得来的吗?

　　在更阑人静的时候, 伦文就要到池边对他心里所立的乐神请求说:"我怎能得着天才呢? 我的天才缺乏了,我要表现的,也不能尽地表现了! 天才可以像油那样,日日添注入我这盏小灯么? 若是能,求你为我,注入些少。"

　　"我已经为你注入了。"

　　伦先生听见这句话,便放心回到自己的屋里。他舍不得睡,提起乐器来,一口气就制成一曲。自己奏了又奏,觉得满意,才含着笑,到卧室去。

　　①第二天早晨,他还没有②盥漱,便又把昨晚上的作品奏过几遍;随即封好,叫人邮到歌剧场去。

　　他的作品一发表出来,许多批评随着在报上登载八九天。那些批评都很恭维他:说他是这一派,那一派。可是他又苦起来了!

　　在深夜的时候,他又到池边去,③垂头丧气地对着池水,从口中发出颤声说:"我所用的音节,不能达我的意思么? 呀,我的天才丢失了! 再给我注入一点罢。"

名师按语

①表现出伦文对自己作品的爱惜与珍视。

②盥漱:盥,guàn。洗手洗脸。

③垂头丧气:耷拉着脑袋,神情沮丧,形容失望懊悔的样子。

名师按语

④将伦文内心的挣扎表现得生动形象。

"我已经为你注入了。"

④他屡次求，心中只听得这句回答。每一作品发表出来，所得的批评，每每使他忧郁不乐。最后，他把乐器摔碎了，说："我信我的天才丢了，我不再作曲子了。唉，我所依赖的，枉费你眷顾我了。

自此以后，社会上再不能享受他的作品；他也不晓得往哪里去了。

名师点金

赏析·启示

生活中，人们常常走入一个误区，那就是认为被批评的一定是不好的，却不知道被批评的就是人们最关注的。身为作曲家的伦文总是渴望着灵感的降临，因此总是将希望寄予缥缈的乐神，却未曾发觉这一切的灵感都是自身创造的。在遭受人们的批评后，伦文陷入痛苦的境地，甚至苦苦挣扎不能解脱，最终选择放弃，逃避人们批评的目光。但他却不知道在人们批评的过程中，作品带给人们许多宝贵的精神财富，只是他自己陷入了创作怪圈不能自拔。生活中的人们也是如此，总是过分地去在意别人的目光，却未曾真正审视自己的优点。

※学习·拓展

歌 剧

歌剧是将音乐、戏剧、文学、舞蹈和舞台美术等融为一体的综合性艺术。早在古希腊的戏剧中，就有合唱队的伴唱，有时朗诵也出现过歌唱的形式。但是真正称得上"音乐的戏剧"的近代西洋歌剧，却是在16世纪末、17世纪初，随着文艺复兴时期音乐文化的世俗化而应运而生的。

再 会

名师导读

生活中我们时时面临选择，选择得好，我们会平步青云；选择得不好，我们可能会一蹶不振。但是这些选择一旦做出就不能够改变，除了接受现实，并努力地做好，我们没有其他办法。下面，就让我们一起来听听两位老人对于选择的感悟吧。

①靠窗棂坐着那位老人家是一位航海者，刚从海外归来的。他和萧老太太是少年时代的朋友，彼此虽别离了那么些年，然而他们会面时，直像忘了当中经过的日子。现在他们正谈起少年时代的旧话。

"蔚明哥，你不是二十岁的时候出海的么？"她屈着自己的指头，数了一数，才用那双被②阅历染浊了的眼睛看着她的朋友说，"呀，四十五年就像我现在数着指头一样地过去了！"

③老人家把手捋一捋胡子，很得意地说："可不是！……记得我到你家辞行那一天，你正在园里饲你那只小鹿；我站在你身边一棵正开着花的枇杷树下，花香和你头上的油香杂窜入我的鼻中。当时，我的别绪也不晓得要从哪里说起；但你只低头抚着小鹿。我想你那时也不能多说什么，你竟然先问一句：'要等到什么时候我们再能相见呢？'我就慢答道：'毋须多少时候。'那时，你……"

名师按语

①表现出两人交情的深厚。

②阅历：或经验，由经历得来的知识。

③表现出两位老人对过去的珍惜和怀念。

老太太截着说:"那时候的光景我也记得很清楚。当你说这句的时候,我不是说'要等再相见时,除非是黑墨有洗得白的时节'。哈哈!你去时,那缕漆黑的头发现在岂不是已被海水洗白了么?"

老人家摸摸自己的头顶,说:"对啦!这也算应验哪!可惜我总不(见)着芳哥,他过去多少年了?"

"唉,久了!你看我已经抱过四个孙儿了。"她说时,看着窗外几个孩子在瓜棚下玩,就指着那最高的孩子说,"你看鼎儿已经十二岁了,他公公就在他④弥月后去世的。"

名师按语

④弥月:小儿出生满一个月。

他们谈话时,丫头端了一盘牡蛎煎饼来。老太太举手嚷着蔚明哥说:"我定知道你的嗜好还没有改变,所以特地为你做这东西。你记得我们少时,你母亲有一天做这样的饼给我们吃。你拿一块,吃完了才嫌饼里的牡蛎少,助料也不如我的多,闹着要把我的饼抢去。当时,你母亲说了一句话,叫我常常忆起,就是⑤'好孩子,算了罢。助料都是搁在一起掺匀的。做的时候,谁有工夫把分量细细去分配呢?这自然是免不了有些多,有些少的;只要饼的气味好就够了。你所吃的原不定就是为你做的,可是你已经吃过,就不能再要了'。蔚明哥,你说末了这话多么感动我呢!拿这个来比我们的境遇罢:境遇虽然一个一个排列在面前,容我们有机会选择,有人选得好,有人选得歹,可是选定以后,就不能再选了。"

⑤一旦做出了选择,就不能再选了,而应当坦然面对自己的选择。

老人家拿起饼来吃,慢慢地说:"对啦!你看我这一生净在海面生活,生活极其简单,不像你这么繁复,然而我还是像当时吃那饼一样——也就饱了。"

"我想我老是多得便宜。我的'境遇的饼'虽然多一些助料,也许好吃一些,但是我的饱足是和你一样的。"

名师按语

⑥矍铄:形容老年人很精神的样子。

谈旧事是多么开心的事!看这光景,他们像要把少年时代的事迹——回溯一遍似的。但外面的孩子们不晓得因什么事闹起来,老太太先出去做判官;这里留着一位⑥矍铄的航海者,静静地坐着吃他的饼。

名师点金

赏析·启示

这一篇,作者向我们讲述了两位阔别多年的友人,历经沧桑,更加懂得了生命的意义。在两人追忆过去的过程中,我们会得到一个共同的启示,那就是人生面临各种选择。作者以吃饼为喻,人生如同吃饼一样,虽然有机会选择,但选定之后就不能再选了。而饼虽有不同的助料,但从终极结果看"饱足是一样的"。两位老人的对话体现了道家安时处顺的生存智慧。生活中,我们既然已经选择了,就不要将时间浪费在后悔上,不如接受自己的选择,认认真真地做好眼前的事。

※学习·拓展

枇 杷

枇杷,中文古名叫做芦橘,属蔷薇科苹果亚科,常绿小乔木。原产于中国的东南部,因为果实的形状似乐器琵琶而得名。枇杷树四季常青,隆冬的时候会绽放白色的花朵,到了三四月就会结出像球一样的果。枇杷具有止咳下气的功用,可以利肺气,止吐逆。但是如果吃多的话就会引发痰热,伤害脾脏。

债

名师导读

世上完美无缺的东西并不存在,正是瑕疵的存在才增添了稚拙的美丽。但是如果无法正视残缺的现实,就必将陷入痛苦的深渊难以自拔,比如文中的"他"。

①他一向就住在妻子家里,因为他除妻子以外,没有别的亲戚。妻家的人爱他的聪明,也怜他的②伶仃,所以万事都尊重他。

他的妻子早已去世,膝下又没有子女。他的生活就是念书、写字,有时还弹弹七弦。他决不是一个书呆子,因为他常要在书内求理解,不像书呆子只求多念。

妻子的家里有很大的花园供他游玩,有许多奴仆听他使令。但他从没有特意到园里游玩,也没有呼唤过一个仆人。

在一个阴郁的天气里,人无论在什么地方都不舒服的。岳母叫他到屋里闲谈,不晓得为什么缘故就劝起他来。岳母说:"我觉得自从俪儿去世以后,你就比前格外客气。我劝你无须如此,因为外人不知道都要怪我。看你穿成这样,还不如家里的仆人,若有生人来到,叫我怎样过得去?倘或有人欺负你,说你这长那短,尽可以告诉我,我责罚他给你看。"

名师按语

①开篇交代人物背景,引领下文。

②伶仃:孤独,没有依靠。

名师按语

③表现出妻子一家对他的照顾，也侧面反映出他的自尊心十分强。

④出自北宋文学家范仲淹的《岳阳楼记》。

⑤苗圃：用于专门繁殖、培育苗木的土地类型。

⑥此处用了夸张的表现手法，表明主人公听到岳母的一番话后受到了强烈的震撼。

"我哪里懂得客气？不过我只觉得我欠的债太多，不好意思多要什么。"

③"什么债？有人问你算账么？唉，你太过见外了！我看你和自己的侄子一样，你短了什么，尽管问管家的要去；若有人敢说闲话，我定不饶他。"

"我所欠的是一切的债。我看见许多贫乏人、愁苦人，就如该了他们无量数的债一般。我有好的衣食，总想先偿还他们。世间若有一个人吃不饱足，穿不暖和，住不舒服，我也不敢公然独享这具足的生活。"

"你说得太玄了！"她说过这话，停了半晌才接着点头说，"很好，这才是读书人'④先天下之忧而忧'的精神。……然而你要什么时候才还得清呢？你有清还的计划没有？"

"唔……唔……"他心里从来没有想到这个，所以不能回答。

"好孩子，这样的债，自来就没有人能还得清，你何必自寻苦恼？我想，你还是做一个小小的债主罢。说到具足生活，也是没有涯岸的：我们今日所谓具足，焉知不是明日的缺陷？你多念一点书就知道生命即是缺陷的⑤苗圃，是烦恼的秧田；若要补修缺陷，拔除烦恼，除弃绝生命外，没有别条道路。然而，我们哪能办得到？个个人都那么怕死！你不要做这种非非想，还是顺着境遇做人去罢。"

"时间——计划——做人——"⑥这几个字从岳母口里发出，他的耳鼓就如受了极猛烈的椎击。他想来想去，已想昏了。他为解决这事，好几天没有出来。

那天早晨，女佣端粥到他房里，没见他，心中非常疑惑。因为早晨，他没有什么地方可去：海边呢？他是不轻易到的。花园呢？他更不愿意在早晨去。因为丫头们都在那个时候到园里争摘好花去献给她们几位姑娘。他最怕见的是人家毁坏现成的东西。

女佣四围一望，蓦地看见一封信被留针刺在门上。她忙取下来，给别人一看，原来是给老夫人的。

她把信拆开，递给老夫人。上面写着：

亲爱的岳母：

你问我的话，叫我实在想不出好回答。而且，因你这一问，使我越发觉得我所负的债更重。我想做人若不能还债，就得避债，决不能叫债主把他揪住，使他受苦。若论还债，依我的力量、才能，是不济事的。我得出去找几个帮忙的人。如果不能找着，再想法子。现在我去了，多谢你栽培我这些年。我的前途，望你记念；我的往事，愿你忘却。我也要时时祝你平安。

婿容融留字

老夫人念完这信，就非常愁闷。以后，每想起她的女婿，便好几天不高兴。但不高兴尽管不高兴，女婿至终没有回来。

名师点金

赏析·启示

这一篇，作者向我们描绘了一个敢于担当苦难的知识分子形象，失去妻子的痛苦，本就令他深陷痛苦难以自拔，但是面对妻子家的帮助他仍不肯接受。正是对于天下苍生的忧心，使他无法真正享受生活，甚至陷入痛苦的深渊，认为自己是一个负债的人，并最终义无反顾地去还他的债。这里的还债，融合了慈悲为怀的佛教精神、自觉忧患的儒家精神和忏悔赎罪的基督教精神。老人说的"生命即是缺陷的苗圃……还是顺着境遇做人罢"，体现了道家弃绝非分之想的人生哲学。

※学习·拓展

历史的财富——七弦琴

　　七弦琴也叫做古琴、玉琴,是中国最古老的弹拨乐器之一,追溯起它的历史,是相当久远的。早在春秋时期,七弦琴就已相当盛行,到现在已经有3 000多年的历史了。但是有关琴的发明者却说法不一,有记载是"昔伏羲作琴",也有记载是"神农作琴",还有记载"舜作五弦之琴以歌南风"。

别 话

名师导读

　　爱情是世间最美好的感情,还有什么比看着自己心爱的人死去更痛苦的呢?文中的男主人公不幸地遭遇了这样的悲剧。本文用简约的笔触表达夫妻之间生死相依的爱情。

　　①素辉病得很重,离她停息的时候不过是十二个时辰了。她丈夫坐在一边,一手支颐,一手把着病人的手臂,宁静而恳挚的眼光都注在他妻子的面上。

　　黄昏的微光一分一分地消失,幸而房里都是白的东西,眼睛不至于失了他们的辨别力。屋里的静默,早已布满了死的气色;看护妇又不进来,她的脚步声只在门外轻轻地蹀过去,好像告诉屋里的人说:"生命的步履不往这里来,离这里渐次远了。"

　　②强烈的电光忽然从玻璃泡里的金丝发出来。光的浪把那病人的眼睑冲开。丈夫见她这样,就回复他的希望,恳挚地说:"你——你醒过来了!"

　　素辉好像没听见这话,眼望着他,只说别的。她说:"嗳,珠儿的父亲,在这时候,你为什么不带她来见见我?"

　　"明天带她来。"

　　屋里又沉默了许久。

名师按语

　　①丈夫对妻子无微不至的关爱,可以看出两人的真挚的感情。

　　②运用环境描写衬托了气氛的悲凉,以及主人公对于生命的渴望。

名师按语

③将夫妻之间的恩爱生动形象地表现出来,更增添了悲凉的气息。

③"珠儿的父亲哪,因为我身体软弱、多病的缘故,叫你牺牲许多光阴来看顾我,还阻碍你许多比服事我更要紧的事。我实在对你不起。我的身体实不容我……"

"不要紧的,服事你也是我应当做的事。"

她笑。但白的被窝中所显出来的笑容并不是欢乐的标识。她说:"我很对不住你,因为我不曾为我们生下一个男儿。"

"哪里的话!女孩子更好。我爱女的。"

凄凉中的喜悦把素辉身中预备要走的魂拥回来。她的精神似乎比前强些,一听丈夫那么说,就接着道:"女的本不足爱;你看许多人——连你——为女人惹下多少烦恼!……不过是——人要懂得怎样爱女人,才能懂得怎样爱智慧。不会爱或拒绝爱女人的,纵然他没有烦恼,他是万灵中最愚蠢的人。珠儿的父亲,珠儿的父亲哪,你佩服这话么?"

这时,就是我们——旁边的人——也不能为珠儿的父亲想出一句答辞。

④鳏夫:妻子死后未再结婚的男人。

"我离开你以后,切不要因为我,就一辈子过那④鳏夫的活。你必要为我的缘故,依我方才的话爱别的女人。"她说到这里把那只几乎动不得的右手举起来,向枕边摸索。

"你要什么?我替你找。"

"戒指。"

丈夫把她的扶下来,轻轻在她枕边摸出一只玉戒指来递给她。

⑤妻子的一番话表现了妻子对丈夫的真挚的爱。

⑤"珠儿的父亲,这戒指虽不是我们订婚用的,却是你给我的;你可以存起来,以后再给珠儿的母亲,表明我和她的连属。除此以外,不要把我的东西给她,恐

名师按语

怕你要当她是我;不要把我们的旧话说给她听,恐怕她要因你的话就生出差别心,说你爱死的人甚于爱生的妻子。"她把戒指轻轻地套在丈夫左手的无名指上。丈夫随着扶她的手与他的唇边略一接触。妻子对于这番厚意,只用微微睁开的眼睛看着他。除掉这样的回报,她实在不能表现什么。

丈夫说:"我应当为你做的事,都对你说过了。我再说一句,无论如何,我永久爱你。"

⑥荒野:荒凉的原野。

"咦,再过几时,你就要把我的尸体扔在⑥荒野中了!虽然我不常住在我的身体内,可是人一离开,再等到什么时候,在什么地方才能互通我们恋爱的消息呢?若说我们将要住在天堂的话,我想我也永无再遇见你的日子,因为我们的天堂不一样。你所要住的,必不是我现在要去的。何况我还不配住在天堂?我虽不信你的神,我可信你所信的真理。纵然真理有能力,也不为我们这小小的缘故就永远把我们结在一块。珍重罢,不要爱我于离别之后。"

⑦静寂:形容安静到了极点。

丈夫既不能说什么话,屋里只可让死的⑦静寂占有了。楼底下恍惚敲了七下自鸣钟。他为尊重医院的规则,就立起来,握着素辉的手说:"我的命,再见罢,七点钟了。"

"你不要走,我还和你谈话。"

"明天我早一点来,你累了,歇歇罢。"

"你总不听我的话。"她把眼睛闭了,显出很不愿意的样子。丈夫无奈,又停住片时,但她实在累了,只管躺着,也没有什么话说。

⑧此处为细节描写。通过这一细节描写,再次表现了丈夫对妻子深深的爱。

丈夫轻轻蹑出去。一到楼口,那脚步又退后走,不肯下去。⑧他又蹑回来,悄悄到素辉床边,见她显着昏睡的形态,枯涩的泪点滴不下来,只挂在眼睑之间。

名师点金

赏析·启示

　　作者向我们展现了一对即将生离死别的夫妻,临终的妻子留下这样的话:"我离开你以后,切不要因为我,就一辈子过那鳏夫的活。你必要为我的缘故,依我方才的话爱别的女人。"我们没有看到他们关于爱的表白,单是这样一句希望对方以后过得好的话语,就能够充分地展现出两人的感情。妻子如此朴实地提出这样的请求,世间还有什么样的爱比这更真挚,更让人感动呢?而丈夫,则是在妻子将逝的事实中,坚守爱的阵营,深深地打动着读者的心灵。

※学习·拓展

独树一帜的佛教理念

　　许地山,由于受到母亲的影响,对佛教情有独钟。他的母亲是一名虔诚的佛教徒,同时他早年曾游历过缅甸,这也给他带来颇多感悟,所以在他早期的作品中总是充满着浓郁的佛教理念。比如处女作《命命鸟》,一经推出就轰动文坛,而短篇小说《缀网劳蛛》更是将佛教思想表现得淋漓尽致。本书中的《落花生》更是具有代表性的力作,不仅宣传了平民思想,而且影响了社会的一大群体,很多人将这一思想奉为经典性的处世哲学。

七宝池上的乡思

·名师导读·

　　每个人都渴望天堂的自由，因为在那里可以无拘无束。但是天堂真如我们想象的那般美好吗？如果让你在爱的人和天堂之间做一选择，你会选择哪一个呢？哪一个才是真正的幸福呢？

弥陀说："极乐世界的池上，

何来凄切的泣声？

迦陵频迦，你下去看看

是谁这样猖狂。"

于是迦陵频迦鼓着翅膀，

飞到池边一棵宝树上，

还歇在那里，引颈下望：

"咦，佛子，你岂忘了这里是天堂？

你岂不爱这里的宝林成行？

树上的花花相对，

叶叶相当？

你岂不闻这里有等等妙音充耳；

岂不见这里有等等庄严宝相？

住这样具足的乐土，

为何尽自悲伤？"

坐在宝莲上的少妇还自啜泣，合掌回答说：

"大士，这里是你的家乡，

在你，当然不觉得有何等苦况。

我的故土是在人间，

怎能教我不哭着想？

"我要来的时候，

我全身都冷却了；

但我的夫君，还用他温暖的手将我搂抱；

用他融溶的泪滴在我额头。

"我要来的时候，

我全身都挺直了；

但我的夫君，还把我的四肢来回曲挠。

"我要来的时候，

我全身的颜色，已变得直如死灰；

但我的夫君还用指头压我的两颊，

看看从前的粉红色能否复回。

"现在我整天坐在这里，

不时听见他的悲啼。

唉，我额上的泪痕，

我臂上的暖气，

我脸上的颜色，

我全身的关节，

都因着我夫君的声音，

烧起来，溶起来了！

我指望来这里享受快乐，

现在反憔悴了！

"呀，我要回去，

我要回去

我要回去止住他的悲啼。

我巴不得现在就回去止住他的悲啼。"

迦陵频迦说：

"你且静一静，

我为你吹起天笙，

把你心中愁闷的垒块平一平；

且化你耳边的悲啼为欢声。

你且静一静，

我为你吹这天笙。"

"你的声不能变为爱的喷泉，

不能灭我身上一切爱痕的烈焰；

也不能变为无底深渊，

使他将一切情愫投入里头，

不再将人惦念。

我还得回去和他相见，

去解他的眷恋。"

"呵,你这样有情,

谁还能对你劝说

向你拦禁?

回去罢,须记得这就是轮回因。"

弥陀说:"善哉,迦陵!

你乃能为她说这大因缘!

纵然碎世界为微尘,

这微尘中也住着无量有情。

所以世界不尽,有情不尽;

有情不尽,轮回不尽;

轮回不尽,济度不尽;

济度不尽,乐土乃能显现不尽。"

话说完,莲瓣渐把少妇裹起来,再合成一朵菡萏低垂着。微风一吹,它荏弱得支持不住,便堕入池里。

迦陵频迦好像记不得这事,在那花花相对、叶叶相当的林中,向着别的有情歌唱去了。

名师点金

赏析·启示

天堂,总是给人一种可望而不可即的感觉,但是这篇文章中,作者却推翻大家的幻想,引出一个深刻的思考,即到底是天堂美好还是爱情美好?在大家幻想置身于天堂的时候,是否认真地思考过自己生活得是否幸福。文中描述了一位到达天堂的妇女,她并没有享受天堂里的自由、音乐、美景,而是依旧满心记挂着死前守在自己身旁的丈夫,最终她选择抛下所有凡人眼中奢求的生活回到丈夫的身边。作者明确地阐述了自己的观点,将人间的真爱描绘得可歌可泣,让读者对爱情和生命的意义有了更深刻的认识。

※学习·拓展

菡萏

菡萏是荷花的别称,属于睡莲科多年生长的水生草本植物,又叫芙蓉、莲花等。菡萏水下的茎长而肥厚,叶片盾圆形,花期6月到9月,花朵有红色和粉红色等多种颜色,十分娇艳。菡萏种类繁多,有供观赏的,也有供食用的,原产于亚洲热带和温带地区。而我国荷花的历史更是悠久,早在周朝就有了关于栽培荷花的记载。在我国古代,诗人对荷花尤其偏爱,因此才有了"出淤泥而不染,濯清涟而不妖"的千古佳句。

我 想

名师导读

成年后,很多人都会体会到失恋的滋味,它是那样的苦涩,但是怎么也抹不掉的却是关于那个人的记忆。文中的男主人公正品尝着失去爱情的痛苦,现在让我们一起来听听他的心中有着怎样的离歌吧。

我想什么?

①我心里本有一条达到极乐园地的路,从前曾被那女人走过的;现在那人不在了,这条路不但是荒芜,并且被野草、闲花、棘枝、绕藤占据得找不出来了!

我许久就想着这条路,不单是开给她走的,她不在,我岂不能独自来往?

但是野草、闲花这样美丽、香甜,我怎舍得把它们去掉呢?棘枝、绕藤又那样横逆、蔓延,我手里又没有器械,怎敢惹它们呢?我想独自在那路上②徘徊,总没有实行的日子。

日子一久,我连那条路的方向也忘了。我只能日日跑到路口那个小池的岸边静坐,在那里怅望,和沉思那草掩、藤封的道途。

狂风一吹,野花乱坠,池中锦鱼道是好饵来了,争着上来③唼喋。我所想的,也浮在水面被鱼喋入口里;复幻成泡沫吐出来,仍旧浮回空中。

名师按语

①运用比喻,将失去爱人的悲痛的心情描写得十分生动形象。

②徘徊:在一个地方来回走;比喻犹疑不决;比喻事物在某个范围内来回波动、起伏。

③唼喋:shà zhá,拟声词,形容成群的鱼、水鸟等吃东西的声音。

鱼还是活活泼泼地游;路又不肯自己开了;我更不能把所想的撇在一边。呀!

我定睛望着上下游泳的锦鱼;我的回想也随着上下游荡。

④呀,女人!你现在成为我"记忆的池"中的锦鱼了。你有时浮上来,使我得以看见你;有时沉下去,使我费神猜想你是在某片落叶底下,或某块沙石之间。

但是那条路的方向我早忘了,我只能每日坐在池边,盼望你能从水底浮上来。

名师按语

④此句表现出"我"对记忆中的爱人无法忘却,如影随形。

名师点金

赏析·启示

爱情的离去,总是会伤害用心的人,付出得越多,伤害越大。文中的主人公经历着爱情的离去,有关爱人的记忆就如同一条路,路上有关于两人美好和幸福的记忆,同样也有荆棘与坎坷,一旦想起这些,就注定受到伤害。越是回想过去,越是疼痛不堪。作者生动地将一个男子的思念之情表现出来,那种如影随形的记忆,更是展现出他对过去的留恋,足见作者感情的细腻。

※学习·拓展

许地山的揭阳农村生活

许地山在揭阳居住了大约两年的时间,当时,他三到四岁。虽然当时

的他还是一个懵懂的孩子,但是这段记忆却是十分深刻的。他在那里拥有很多回忆,村民热情地接待了他们一家人,并且专门腾出许氏家族的祠堂让他们居住。由于他们是远道逃难而来,面对如此宽敞的地方以及热情的款待,心中无限感激。一家人安静而舒适地生活着,这给童年的许地山留下了难以磨灭的印迹。

头 发

名师导读

在宗教信仰中，信徒以庄严神秘的宗教仪式表达自己的虔诚。但心存信仰和宗教仪式哪个更能表达虔诚？心存信仰和宗教仪式哪个更能给信徒带来信仰的快乐？

①这村里的大道今天忽然点缀了许多好看的树叶，一直达到村外的麻栗林边。村里的人，男男女女都穿得很整齐，像举行什么大节期一样。但六月间没有重要的节期，婚礼也用不着这么张罗，到底是为甚事？

那边的男子们都唱着他们的歌，女子也都和着。我只静静地站在一边看。

一队兵押着一个壮年的比丘从大道那头进前。村里的人见他来了，歌唱得更大声。妇人们都把头发披下来，争着跪在道旁，把头发铺在道中，从远一望，直像整匹的黑练摊在那里。那位比丘从容地从众女人的头发上走过，后面的男子们都嚷着："可赞美的孔雀旗呀！"

他们这一嚷就把我提醒了。这不是倡自治的孟法师入狱的日子吗？我心里这样猜，赶到他离村里的大道远了，才转过篱笆的西边。刚一拐弯，便遇着一个少女摸着自己的头发，很懊恼地站在那里。我问她说："小姑

名师按语

①通过一系列与众不同的现象，突显今天的特别，吸引读者。

娘,你站在此地,为你们的大师伤心么?"

"固然。但是我还咒诅我的头发为什么偏生短了,不能摊在地上,教大师脚下的尘土留下些少在上头。你说今日村里的众女子,哪一个不比我荣幸呢?"

"这有什么荣幸?若你有心恭敬你的国土和你的大师就够了。"

"咦!静藏在心里的恭敬是不够的。"

"那么,等他出狱的时候,你的头发就够长了。"

女孩子听了,非常喜欢,至于跳起来说:"得先生这一祝福,我的头发在那时定能比别人长些。多谢了!"

她跳着从篱笆对面的流连子园去了。我从西边一直走,到那麻栗林边。那里的土很湿,大师的脚印和兵士的鞋印在上头印得很分明。

名师点金

赏析·启示

在本篇中,作者用宗教用语和异域风情创造出神秘浪漫的氛围,表达了"生本不乐"的哲思。在庄严神秘铺发为路的宗教仪式上,"那位比丘从容地从众女人的头发上走过",女人们以此为莫大的荣幸;一个少女因"自己的头发偏生短了,不能留些少大师脚下的尘土"而懊恼。最虔诚的信仰也会给人带来"不乐":因为虔诚,少女认为"静藏在心里的恭敬是不够的";头发却"偏生短了",少了信仰的荣幸,因而不乐。一个没有信仰的民族,是一个可悲的民族;一个信仰被愚化的民族,同样也是一个可悲的民族。

※学习·拓展

孔 雀

孔雀,属鸡形目,雉科,也叫越鸟,是一种大型的陆地栖息鸟类,它们主要群居在热带森林中或是河岸边,有羽冠。雄性孔雀的尾毛很长,颜色缤纷,开屏时如同彩扇,有很高的观赏价值。而雌性孔雀羽毛的颜色就稍差一些。孔雀的羽毛不光可以供于观赏,还可以做装饰品。

上景山

• 名师导读 •

景山，如此吸引人的胜地，喜爱自然美景的作者当然不会错过。那么，在登上景山后，作者会看到怎样的景象呢？又会引发怎样的感触呢？

名师按语

①充分表现出景山景色的怡人，以及四时风光的变幻。

②此处用"侮辱"一词来表现旗杆与整个建筑的不协调，非常恰当。

①无论哪一季，登景山最合宜的时间是在清早或下午三点以后。晴天，眼界可以望朦胧处；雨天，可以赏雨脚的长度和电光的迅射；雪天，可以令人咀嚼着无色界的滋味。

在万春亭上坐着，定神看北上门后的马路（从前路在门前，如今路在门后）尽是行人和车马，路边的梓树都已掉了叶子。不错，已经立冬了，今年天气可有点怪，到现在还没冻冰。多谢芰荷的业主把残茎都去掉，教我们能看见紫禁城外护城河的水光还在闪烁着。

神武门上是关闭得严严的。②最讨厌的是楼前那枝很长的旗杆，侮辱了全个建筑的庄严。门楼两旁树它一对，不成吗？禁城上时时有人在走着，恐怕都是外国的旅人。

皇宫一所一所排列着非常整齐。怎么一个那么不讲纪律的民族，会建筑这么严整的宫廷？我对着一片黄瓦这样想着。不，说不讲纪律未免有点过火，我们可以说这民

族是把旧的纪律忘掉,正在找一个新的咧。新的找不着,终究还要回来的。北京房子,皇宫也算在里头,主要的建筑都是向南的,谁也没有这样强迫过建筑者,说非这样修不可。但纪律因为利益所在,在不言中被遵守了。夏天受着③解愠的熏风,冬天接着可爱的暖日,只要守着盖房子的法则,这利益是不用争而自来的。所以我们要问在我们的政治社会里有这样的熏风和暖日吗?

最初在崖壁上写大字铭功的是强盗的老师,我眼睛看着神武门上的几个大字,心里想着李斯。皇帝也是强盗的一种,是个白痴强盗。他抢了天下把自己监禁在宫中,把一切宝物聚在身边,以为他是富有天下。这样一代过一代,到头来还是被他的糊涂奴仆,或贪婪巨宰,讨、瞒、偷、换,到连性命也不定保得住。这岂不是个白痴强盗?在白痴强盗之下才会产出大盗和小偷来。一个小偷,多少总要有一点跳女墙钻狗洞的本领,有他的禁忌,有他的信仰和道德。大盗只会利用他的奴性去请托攀缘,自赞赞他,禁忌固然没有,道德更不必提。谁也不能不承认盗贼是寄生人类的一种,但最可杀的是那班为大盗之一的斯文贼。他们不像小偷为延命去营鼠雀的生活;也不像一般的大盗,凭着自己的勇敢去抢天下。所以明火打劫的强盗最恨的是斯文贼。这里我又联想到④张献忠。有一次他开科取士,檄诸州举贡生员,后至者妻女充院,本犯剥皮,有司教官斩,连坐十家。诸生到时,他要他们在一丈见方的大黄旗上写个帅字,字画要像斗的粗大,还要一笔写成。一个生员王志道缚草为笔,用大缸贮墨汁将草笔泡在缸里,三天,再取出来写,果然一笔写成了。他以为可以讨献忠的喜欢,谁知献忠说:"他日图我必定是你。"立即把他杀来祭旗。献

名师按语

③解愠:消除怨怒。

④张献忠:字秉忠,号敬轩,明末农民起义领袖,与李自成齐名。1644年,在成都建立大西政权,即帝位,号大顺。1646年,清军南下,张献忠引兵拒战,在西充凤凰山中箭而死。

名师按语

⑤寄生：一种生物依附于另一种生物，以求供给养料、保护或进行繁衍而得以生存。

⑥老鸹：乌鸦的别称。

⑦喧嚣：声音杂乱，不清净。

⑧指出普通民众并不明白革命的意义，暗示旧民主主义革命的不彻底。

忠对待念书人是多么痛快。他知道他们是⑤寄生的寄生，他的使命是来杀他们。

东城西城的天空中，时见一群一群旋飞的鸽子。除去打麻雀、逛窑子、上酒楼以外，这也是一种古典的娱乐。这种娱乐也来得群众化一点。它能在空中发出和悦的响声，翩翩地飞绕着，教人觉得在一个灰白色的冷天，满天乱飞乱叫的⑥老鸹的讨厌。然而在刮大风的时候，若是你有勇气上景山的最高处，看看天安门楼屋脊上的鸦群，噪叫的声音是听不见，它们随风飞扬，直像从什么大树飘下来的败叶，凌乱得有意思。

万春亭周围被挖得东一沟，西一窟。据说是管官的当局挖来试看煤山是不是个大煤堆，像历来的传说所传的，我心里暗笑信这说的人们。是不是因为北宋亡国的时候，都人在城被围时，拆毁艮岳的建筑木材去充柴火，所以计划建筑北京的人预先堆起一大堆煤，万一都城被围的时候，人民可以不拆宫殿。这是笨想头。若是我来计划，最好来一个米山。米在万急的时候，也可以生吃，煤可无论如何吃不得。又有人说景山是太行的最终一峰。这也是瞎说。从西山往东几十里平原，可怎么不偏不颇在北京城当中出了一座景山？若说北京的建筑就是对着景山的子午，为什么不对北海的琼岛？我想景山明是开紫禁城外的护城河所积的土，琼岛也是累积从北海挖出来的土而成的。

从亭后的树缝里远远看见鼓楼。地安门前后的大街，人马默默地走，城市的⑦喧嚣声，一点也听不见。鼓楼是不让正阳门那样雄壮地挺着。它的名字，改了又改，一会是明耻楼，一会又是齐政楼，现在大概又是明耻楼吧。明耻不难，雪耻得努力。⑧只怕市民能明白那耻的还不多,想来是多么可怜。记得前几年"三民主义""帝国主义"这套名词随着北伐军到北平的时候,市民看些篆字标语,好像都明白各人蒙着无上的耻辱,而这耻辱是由于帝国主义的压迫。所以大家也随声附和,唱着打倒和推翻。

从山上下来,崇祯殉国的地方依然是那么半死的槐树。据说树上原有一条链子锁着,庚子联军入京以后就不见了。现在那枯槁的部分,还有一个大洞,当时的链痕还隐约可以看见。义和团运动的结果,从解放这棵树发展到解放这民族。这是一件多么可以发人深思的对象呢?山后的柏树发出幽恬的香气,好像是对于这地方的永远供物。

寿皇殿锁闭得严严的,因为谁也不愿意努尔哈赤的种类再做白痴的梦。每年的祭祀不举行了,庄严的神乐再也不能听见,只有从乡间进城来唱秧歌的孩子们,在墙外打的锣鼓,有时还可以送到殿前。

到景山门,回头仰望顶上方才所坐的地方,人都下来了。树上几只很面熟却不认得的鸟在叫着。亭里残破的古佛还坐在结那没人能懂的手印。

名师点金

赏析·启示

这篇文章从题目上看,是写上景山的过程,但作者在叙述之外,随时就景物展开议论,夹叙夹议是这篇散文的显著特色。

作者在立冬时节上景山,叙写坐在万春亭上所见景山周围、上下的景色,由此展开议论,从而向读者展示了作者关心国家的前途、民族的命运的一颗赤子之心。

在看到皇宫整齐向南后,作者发问"在我们的政治社会里有这样的熏风和暖日吗",抨击社会的黑暗;由神武门上的大字,议论

"盗贼是寄生人类的一种",揭露反动统治;聆听鸽声和鸦啼后,阐发爱民之心;由鼓楼名字改动,提出"明耻不难,雪耻得努力",号召人民真正觉悟,行动起来推翻帝国主义的统治……作者所思者深,所见者新。

※学习·拓展

景　山

　　文中所说的景山,指的就是北京城内景山公园中的景山。相传明代永乐年间,修建宫殿的工匠曾在这里堆煤,因此也叫作煤山。公元1644年,李自成率领农民军攻入北京,而明代的崇祯帝自缢于此。到了清代,正式改名为景山。如今,景山已成为北京市文物保护单位,是元、明、清三代的御苑。它地处北京城区的中心,位于北京故宫城垣南北轴的中心点上。谁也不会想到,元代的荒郊野岭竟会成为今天的名胜古迹。

先农坛

名师导读

当一切都已变得破败不堪，当一切建筑都已拆毁，还有什么能够顽强地存在？作者沉重的心情该怎样平复？为何在看到松树后而豁然开朗？是记忆的存在还是出于真心的喜爱呢？

曾经一度繁华过的香厂，现在剩下些破烂不堪的房子，偶尔经过，只见大兵们在广场上练国技。①往南再走，排地摊的犹如往日，只是好东西越来越少，到处都看见外国来的空酒瓶、香水樽、胭脂盒，乃至簇新的东洋瓷器，沾衣摊上的不入时的衣服，"一块八"、"两块四"叫卖的伙计连翻带地兜揽，买主没有，看主却是很多。

在一条凹凸得格别的马路上走，不觉进了先农坛的地界。从前在坛里唯一新建筑——"四面钟"，如今只剩一座空洞的高台，四围的柏树早已变成富人们的棺材或家私了。东边一座礼拜寺是新的。球场上还有人在那里练习。绵羊三五群，遍地披着枯黄的草根。风稍微一动，尘土便随着飞起，可惜颜色太坏，若是雪白或朱红，岂不是很好的国货化妆材料？

到坛北门，照例买票进去。古柏依旧，茶座全空。大兵们住在大殿里，很好看的门窗，都被拆做柴火烧了。

名师按语

①生动地描绘出排地摊的热闹景象。

名师按语

②府邸：官僚、贵族或大地主的住宅。

③抵御：抵抗、防御。

④充分表现出星云坛破败的景象。

⑤发荣：开花、草木生长。

希望北平市游览区划定以后，可以有一笔大款来修理。北平的旧建筑，渐次少了，房主不断地卖折货。像最近的定王府，原是明朝胡大海的②府邸，论起建筑的年代足有五百多年。假若政府有心保存北平古物，决不至于让市民随意拆毁。拆一间是少一间。现在坛里，大兵拆起公有建筑来了。爱国得先从爱惜公共的产业做起，得先从爱惜历史的陈迹做起。

观耕台上坐着一男一女，正在密谈，心情的热真能③抵御环境的冷。桃树柳树都脱掉叶衣，做三冬的长眠，风摇鸟唤，都不听见。雩坛边的鹿，伶俐的眼睛瞭望着过路的人。游客本来有三两个，它们见了格外相亲。在那么空旷的园囿，本不必拦着它们，只要四围开上七八尺深的沟，斜削沟的里壁，使当中成一个圆丘，鹿放在当中，虽没遮栏也跳不上来。这样，园景必定优美得多。星云坛比岳渎坛更破烂不堪。④干蒿败艾，满布在砖缝瓦罅之间，拂人衣裾，便发出一种清越的香味。老松在夕阳底下默然站着。人说它像盘旋的虬龙，我说它像开屏的孔雀，一颗一颗的松球，衬着暗绿的针叶，远望着更像得很。松是中国人的理想性格，画家没有不喜欢画它的。孔子说它后凋还是屈了它，应当说它不凋才对。英国人对于橡树的情感就和中国对于松树的一样。中国人爱松并不尽是因为它长寿，乃是因它当飘风飞雪的时节能够站得住，生机不断，可⑤发荣的时间一到，便又青绿起来。人对着松树是不会失望的，它能给人一种兴奋，虽然树上留着许多枯枝丫，看来越发增加它的壮美。就是枯死，也不像别的树木等闲地倒下来。千年百年是那么立着，藤萝缠它，薜荔粘它，都不怕，反而使它更优越更秀丽。古人说松籁好听得像龙吟。龙吟我们没有听过,可是它所发出的逸韵,真能使人忘掉名利,动出尘的想头。可是要记得这样的声音,决不是一寸一尺的小松所能发出,非要经得百千年的磨炼,受过风霜或者吃过斧斤的亏,能够立得定以后,是做不到的。所以当年壮的时候,应学松柏的抵抗力、忍耐力和增进力;到年衰的时候,也不妨送出清越的籁。

对着松树坐了半天。金黄色的霞光已经收了,不免离开雩坛直出大门。门外前几年挖的战壕,还没填满。羊群领着我向着归路。道边放着一担菊花,卖花人站在一家门口与那淡妆的女郎讲价,不提防担里的黄花教羊吃了几棵。那人索性将两棵带泥丸的菊花向羊群猛掷过去,口里骂"你等死的羊孙子!"可也没奈何。吃剩的花散布在道上,也教车轮碾碎了。

名师点金

赏析·启示

在此篇文章中,作者夹叙夹议描绘了先农坛破旧的景象。当古老的建筑逐渐被人们拆毁时作者表达了自己的愤慨,可以看出他对历史的尊重。而对大兵们拆毁古宅更是气愤,表明真正的爱国应该从爱惜历史开始。作者采用移步换景的手法,让我们一步步地看到排地摊的热闹,以及旧迹被拆毁后的破败,最后到达松树下,展开了对松树的评价。从对松树细腻的描绘中,我们可以感受到作者高洁的品格。作者认为"松是中国人的理想性格",因为松长寿、有生机、壮美,松籁逸韵,能让人兴奋、忘掉名利,所以人应像松一样有"抵抗力、忍耐力和增进力"、"送出清越的籁"。作者的议论由松的具体形象展开,有说服力和感染力。

※学习·拓展

松　树

　　松树，一年四季常绿，绝大多数是高大的乔木，高达 20—50 米，最高的甚至能达到 75 米；极少数呈灌木状，比如偃松和地盘松。松树为轮状分枝，节间长，针叶细长成束，因此我们眼中的松树冠总是蓬松且不紧凑，而松树的"松"字，也正是从其树冠的特征而得来的。松树质地坚固，常年存活。

忆卢沟桥

·名师导读·

　　卢沟桥,作为历史的见证,深深地烙印于中国人民的脑海里。每个中国人对于卢沟桥的认识都是不一样的,有人爱它承载的历史,有人爱它的辉煌的建筑,更有人爱它身上所体现出的民族精神,那么作者对于卢沟桥会有怎样的记忆呢?

　　记得离北平以前,最后到①卢沟桥,是在二十二年的春天。我与同事刘兆蕙先生在一个清早由广安门顺着大道步行,经过大井村,已是十点多钟。参拜了义井庵的千手观音,就在大悲阁外少憩。那菩萨像有三丈多高,是金铜铸成的,体相还好,不过屋宇倾颓,香烟零落,也许是因为求愿的人们发生了求财赔本求子丧妻的事情罢。这次的出游本是为访求另一尊铜佛而来的。我听见从宛平城来的人告诉我那城附近有所古庙塌了,其中许多金铜佛像,年代都是很古的。为知识上的兴趣,不得不去采访一下。大井村的千手观音是有著录的,所以也顺便去看看。

　　出大井村,在官道上,巍然立着一座牌坊,是乾隆四十年建的。坊东面额书"经环同轨",西面是"荡平归极"。建坊的原意不得而知,将来能够用来做凯旋门那就最合宜不过了。

　　②春天的燕郊,若没有大风,就很可以使人流连。

名师按语

　　①卢沟桥:在北京市丰台区的永定河上,因横跨卢沟河而得名,是北京市现存最古老的石造联拱桥,也是华北地区最长的古代石桥。

　　②此处描绘了一幅优美生动的画面,可以看出作者对于燕郊的喜爱。

名师按语

③此处通过不同生物的行为,表现出了生命的顽强。

④崇祯:明朝思宗皇帝朱由检的年号。朱由检是明朝的第十六位皇帝,明朝亡国之君。1644年,李自成攻破北京后于景山自缢身亡,终年35岁,在位17年。

树干上或土墙边蜗牛在画着银色的涎路。它们慢慢移动,像不知道它们的小介壳以外还有什么宇宙似的。柳塘边的雏鸭披着淡黄色的毹毛,映着嫩绿的新叶;游泳时,微波随蹼翻起,泛成一弯一弯动着的曲纹,这都是生趣的示现。走乏了,且在路边的墓园少住一会。刘先生站在一座很美丽的窣堵波上,要我给他拍照。在榆树荫覆之下,我们没感到路上太阳的酷烈。寂静的墓园里,虽没有什么名花,野卉倒也长得顶得意的。③忙碌的蜜蜂,两只小腿黏着些少花粉,还在采集着。蚂蚁为争一条烂残的蚱蜢腿,在枯藤的根上争斗着。落网的小蝶,一片翅膀已失掉效用,还在挣扎着。这也是生趣的示现,不过意味有点不同罢了。

闲谈着,已见日丽中天,前面宛平城也在视域之内了。宛平城在卢沟桥北,建于明④崇祯十年,名叫拱北城,周围不及二里,只有两个城门,北门是顺治门,南门是永昌门。清改拱北为拱极,永昌门为威严门。南门外便是卢沟桥。拱北城本来不是县城,前几年因为北平改市,县衙才移到那里去,所以规模极其简陋。从前它是个卫城,有武官常驻镇守着,一直到现在,还是一个很重要的军事地点。我们随着骆驼队进了顺治门,在前面不远,便见了永昌门。大街一条,两边多是荒地。我们到预定的地点去探访,果见一个庞大的铜佛头和些铜像残体横陈在县立学校里的地上。拱北城内原有观音庵与兴隆寺,兴隆寺内还有许多已无可考的广慈寺的遗物,那些铜像究竟是属于哪寺的也无从知道。我们摸索了一会,才到卢沟桥头的一家饭店午膳。

自从宛平县署移到拱北城,卢沟桥便成为县城的繁要街市。⑤桥北的商店民居很多,还保存着从前中原数省入京孔道的规模。桥上的碑亭虽然朽坏,还矗立着。自从历年的内战,卢沟桥更成为戎马往来的要冲,加上长辛店战役的印象,使附近的居民都知道近代战争的大概情形,连小孩也知道飞机、大炮、机关枪都是做什么用的。到处墙上虽然有标语贴着的痕迹,而在色与量上可不能与卖药的广告相比。推开窗户,看着永定河的浊水穿过疏林,向东南流去,想起陈高的诗:⑥"卢沟桥西车马多,山头白日照清波。毡卢亦有江南妇,愁听金人出塞歌。"清波不见,浑水成潮,是记述与事实的相差,抑昔日与今时的不同,就不得而知了。但想象当日桥下雅集亭的风景,以及金人所掠江南妇女,经过此地的情形,感慨便不能不触发了。

从卢沟桥上经过的可悲可恨可歌可泣的事迹,岂止被金人所掠的江南妇女那一件?⑦可惜桥栏上蹲着的石狮子个个只会张牙裂眦结舌无言,以致许多可以稍留印迹的史实,若不随蹄尘飞散,也教轮辐压碎了。我又想着天下最有功德的是桥梁。它把天然的阻隔连络起来,它从这岸渡引人们到那岸。在桥上走过的是好是歹,与它本来无关,何况在上面走的不过是长途中的一小段,它哪能知道何者是可悲可恨可泣呢?它不必记历史,反而是历史记着它。⑧卢沟桥本名广利桥,是金大定二十七年始建,至明昌二年(公元1189–1192)修成的。它拥有世界的声名是因为曾入马哥博罗的记述。马哥博罗记做"普利桑乾",而欧洲人都称它做"马哥博罗桥",倒失掉记者赞叹桑乾河上一道大桥的原意了。中国人是善于修造石桥的,在建筑上只有桥与塔可以保留得较为长久。中国的大石桥每能使人叹为鬼役神工,

名师按语

⑤此处说明卢沟桥是历史的见证,并描绘出卢沟桥一带的繁华景象。

⑥通过元人陈高的《卢沟晓月图》中卢沟河的清波与现在永定河的浑水相对比,表现出了卢沟桥已没有往日的风采了。

⑦此句表现出作者对于历史的惋惜。

⑧此句说明卢沟桥的历史和由来,令读者加深对卢沟桥的认识。

名 师 按 语

⑨将生活的景象描绘得生动具体，充满了生活气息。虽然敌军已在门口，但人们依旧从容地生活着。

卢沟桥的伟大与那有名的泉州洛阳桥和漳州虎渡桥有点不同。论工程，它没有这两道桥的宏伟，然而在史迹上，它是多次系着民族安危。纵使你把桥拆掉，卢沟桥的神影是永不会被中国人忘记的。这个在"七七"事件发生以后，更使人觉得是如此。当时我只想着日军许会从古北口入北平，由北平越过这道名桥侵入中原，决想不到火头就会在我那时所站的地方发出来。

⑨在饭店里，随便吃些烧饼就出来，在桥上张望。铁路桥在远处平行地架着。驮煤的骆驼队随着铃铛的音节整齐地在桥上迈步。小商人与农民在雕栏下做交易上很有礼貌的计较。妇女们在桥下浣衣，乐融融地交谈。人们虽不理会国势的严重，可是从军队里宣传员口里也知道强敌已在门口。我们本不为做间谍去的，因为在桥上向路人多问了些话，便教警官注意起来，我们也自好笑。我是为当事官吏的注意而高兴，觉得他们时刻在提防着、警备着。过了桥，便望见实柘山。苍翠的山色，指示着日斜多了几度，在砾原上流连片时，暂觉晚风拂衣，若不回转，就得住店了。"卢沟晓月"是有名的。为领略这美景，到店里住一宿，本来也值得，不过我对于晓风残月一类的景物素来不大喜爱，我爱月在黑夜里所显的光明。晓月只有垂死的光，想来是很凄凉的，还是回家罢。

我们不从原路去，就在拱北城外分道。刘先生沿着旧河床，向北回海甸去。我捡了几块石头，向着八里庄那条路走。进到阜成门，望见北海的白塔已经成为一个剪影贴在洒银的暗蓝纸上。

名师点金

赏析·启示

　　作者为访求一尊铜佛,在途中路过历史的伟大见证——卢沟桥,于是作者便展开了关于卢沟桥的描绘。阅读本文,我们可以感受到卢沟桥所承载的意义,它是历史的见证,是中华民族顽强不息精神的见证,是中国人民伟大智慧结晶的见证。我们可以感受到作者对卢沟桥的崇敬与喜爱。作者在描绘卢沟桥时,不忘描绘其周围生活的景象,借助作者的视角,可以看到卢沟桥附近热闹非凡的生活景象,更增添了卢沟桥的生活气息。而这一切都得益于作者一双善于发现美的眼睛,正是出于对卢沟桥深切的爱,才能如此真实地向我们展现出卢沟桥的全貌。

※学习·拓展

七七事变

　　七七事变是日本帝国主义发动的侵华战争中一次十分重要的战役,发生于 1937 年 7 月 7 日,因此名为"七七事变"。由于事发地点为当时北平市宛平县城的卢沟桥,因此又叫"卢沟桥事变"。七七事变中,在卢沟桥边演习的驻华日军借口一名士兵"失踪",要求进入宛平县城,遭中国守军拒绝后炮轰宛平城,开始蓄谋已久的全面侵华战争。历史上,将七七事变定为日本帝国主义全面侵华的开端和中华民族全面抗战的开始。

 # 面 具

•名师导读•

人的表情是十分复杂的，正是因为表情的复杂，才能表现出喜怒哀乐。但是人所表现出来的表情都是真的吗？多少人是带着伪善的面具，多少人是在真实地生活呢？下面来看看作者对于人面与面具的评价吧。

名师按语

①指摘：指出错误，给予批评。

②表现出作者对于人性真实的提倡，并呼应文首。

人面原不如那纸制的面具哟！你看那红的、黑的、白的、青的、喜笑的、悲哀的、目眦怒得欲裂的面容，无论你怎样褒奖，怎样弃嫌，他们一点也不改变。红的还是红，白的还是白，目眦欲裂的还是目眦欲裂。

人面呢？颜色比那纸制的小玩意儿好而且活动，带着生气。可是你褒奖他的时候，他虽是很高兴，脸上却装出很不愿意的样子；你①指摘他的时候，他虽是懊恼，脸上偏要显出勇于纳言的颜色。

②人面到底是靠不住呀！我们要学面具，但不要戴他，因为面具后头应当让他空着才好。

名师点金

赏析·启示

　　此篇文章,作者运用幽默风趣的语言,讽刺了伪君子,表达了自己对于人性真实的追求。作者呼吁人们要做面具,而不要像人面那样的难以捉摸。面具能够真实地表现情绪,开心就是开心,悲伤就是悲伤;而人面由于种种束缚,不能表露自己的真心,即使悲伤也要表现得很开心。面具达到了内容和形式的统一;人面却表里不一,到底是靠不住的。作者通过人面与面具的对比鞭挞了假、恶、丑,强烈呼吁人们,不要掩饰自己的真心,要勇敢纯真地生活,像面具一样真实。全文崇真贬假,足见作者的真性情。

※学习·拓展

面　具

　　面具是人们内心世界的一个象征,主要用来遮挡脸部、进行伪装。它是一种普遍的社会现象,正是它所具有的丰富的文化内涵和特殊的外在形式,而被文学界所重视。我国是世界上最早产生和流行面具的国家之一,直到今天我们仍然可以看到它的原型和影子,而它也同样在我国民众的心理、民俗、文化和艺术上发挥着重要作用。

生

名师导读

生活,是古往今来人们不曾停止探索的话题,有人热爱生活,有人厌倦生活。然而,人们都不得不面对的却也是生活。作者对于生活有自己的见解,下面就让我们听听他的看法吧。

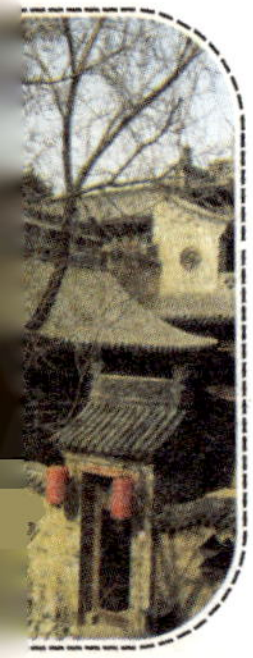

名师按语

① 运用比喻,将人成长中的种种际遇生动地描绘出来。

①我的生活好像一棵龙舌兰,一叶一叶慢慢地长起来。某一片叶在一个时期曾被那美丽的昆虫做过巢穴;某一片叶曾被小鸟们歇在上头歌唱过。现在那些叶子都落掉了!只有瘢楞的痕迹留在干上,人也忘了某叶某叶曾经显过的样子;那些叶子曾经历过的事迹唯有龙舌兰自己可以记忆得来,可是他不能说给别人知道。

我的生活好像我手里这管笛子。他在竹林里长着的时候,许多好鸟歌唱给他听,许多猛兽长啸给它听,甚至天中的风雨雷电都不时教给他发音的方法。

他长大了,一切教师所教的都纳入他的记忆里。然而他身中仍是空空洞洞,没有什么。

做乐器者把他截下来,开几个气孔,搁在唇边一吹,他从前学的都吐露出来了。

名师点金

赏析·启示

　　每个人对于生活都有自己的定义，同样作者也有。这一篇文章，作者向我们阐述了他头脑中的生活。在他的眼中，生活如同龙舌兰一般承受各种挫折与喜悦，也如同竹子一般汲取养分，最终蜕变成竹笛。但是作者仍旧不忘珍惜生活。我们的生活都是这样的，就像龙舌兰一样，萌发枝芽，茁壮成长，同样经历着龙舌兰所经历的，比如昆虫筑巢时的疼痛、小鸟鸣叫的欢乐，直到最终叶落，生命也即将老去。而充实的生活，就如同笛子一样，刚开始是没有任何才能的竹子，除了汲取别人的教诲和经验，没有其他事情可做，最终在自己的努力下，成功地奏出最美的音调。作者希望人们能够认认真真地生活，活出生命的意义。

※学习·拓展

龙舌兰

　　龙舌兰又叫龙舌掌、番麻，属于龙舌兰科，是多年生长的常绿大型草本，它的原产地是墨西哥。它的叶片十分坚挺，并且四季常青，因而成为南方园林布置中十分重要的装饰材料之一。在气温较低的北方地区，主要采用温室栽培。如果想要栽培龙舌兰，一定要选取排水良好、肥沃而湿润的砂质壤。龙舌兰一般几十年才开一次花，一旦开花，母株就会枯死。

海世间

·名师导读·

　　到底什么才是自然而不造作呢？人们难以明确其定义。人们憧憬着自然的生活，却总要被现实所束缚，到底这是好还是坏？让我们听听作者的看法吧。

名 师 按 语

①桎梏：囚禁、束缚。

②乐行忧违：指所乐的事就去做，所忧的事则避开。

③此句表现出人类种种的欲望如影随形，人类已不堪重负。

　　我们的人间只有在想象或淡梦中能够实现罢了。一离了人造的海上社会，心里便想到此后我们要脱离等等社会律的①桎梏，来享受那②乐行忧违的潜龙生活；③谁知道一上船，那人造人间所存的受、想、行、识，都跟着我们入了这自然的海洋！这些东西，比我们的行李还多，把这一万两千吨的小船压得两边摇荡。同行的人也知道船载得过重，要想一个好方法，教它的负担减轻一点，但谁能有出众的慧思呢？想来想去，只有吐些出来，此外更无何等妙计。

　　这方法虽是很平常，然而船却轻省得多了。这船原是要到新世界去的哟，可是新世界未必就是自然的人间。在水程中，虽然把衣服脱掉了，跳入海里去学大鱼的游泳，也未必是自然。要是闭眼闷坐着，还可以有一点勉强的自在。

　　船离陆地远了，一切远山疏树尽化行云。割不断的轻烟，缕缕丝丝从烟囱里舒放出来，慢慢地往后延展。故国里,想是有人把这烟揪住罢。不然就是我们之中有些人的离情凝结了,乘着轻烟家去。

呀,他的魂也随着轻烟飞去了!轻烟载不起他,把他摔下来。④坠落的人连浪花也要欺负他,将那如弹的水珠一颗颗射在他身上。他几度随着波涛浮沉,气力有点不足,眼看要沉没了,幸而得⑤文鳐的哀怜,展开了帆鳍搭救他。

文鳐说:"你这人太笨了,热火燃尽的冷灰,岂能载得你这焰红的情怀?我知道你们船中定有许多多情的人儿,动了乡思。我们一队队跟船走,又飞又泳,指望能为你们服劳,不料你们反拍着掌笑我们,驱逐我们。"

他说:"你的话我们怎能懂得呢?人造的人间的人,只能懂得人造的语言罢了。"

文鳐摇着他口边那两根短须,装作很⑥老成的样子,说:"⑦是谁给你分别的,什么叫人造人间,什么叫自然人间?只有你心里妄生差别便了。我们只有海世间和陆世间的分别,陆世间想你是经历惯的;至于海世间,你只能从想象中理会一点。你们想海里也有女神,五官六感都和你们一样。戴的什么珊瑚、珠贝,披的什么鲛纱、昆布。其实这些东西,在我们这里并非稀奇难得的宝贝。而且一说人的形态便不是神了。我们没有什么神,只有这蔚蓝的盐水是我们生命的根源。可是我们生命所从出的水,于你们反有害处。海水能夺去你们的生命。若说海里有神,你应当崇拜水,毋需再造其他的偶像。"

他听得呆了,双手扶着文鳐的帆鳍,请求他领他到海世间去。文鳐笑了,说:"我明说水中你是生活不得的。你不怕丢了你的生命么?"

名师按语

④此处将溅起的浪花比喻成弹,表现出了人在追求理想时,会遇到许多坎坷与挫折。

⑤文鳐:传说中的鱼名。

⑥老成:阅历多而练达世事。

⑦作者指出,人应该崇拜的是创造万物的自然,而不是人虚构出的偶像。

他说："下去一分时间，想是无妨的。我常想着海神的清洁、温柔、娴雅等等美德；又想着海底的花园有许多我不曾见过的生物和景色，恨不得有人领我下去一游。"

文鳐说："没有什么，没有什么，不过是咸而冷的水罢了，海的美丽就是这么简单——冷而咸。你一眼就可以望见了。何必我领你呢？凡美丽的事物，都是这么简单的。你要求它多么繁复、热烈，那就不对了。海世间的生活，你是受不惯的，不如送你回船上去罢。"

那鱼一振鳍，早离了波皋，飞到舷边。他还舍不得回到这真是人造的陆世界来，眼巴巴只怅望着天涯，不信海就是方才所听情况。从他想象里，试要构造些海底世界的光景。他的海中景物真个实现在他梦想中了。

名师点金

赏析·启示

这篇文章描绘了一群渴望去新世界的人类，他们乘着前往新世界的船只，以为抛开了所有的束缚，就可以成功地抵达彼岸，却发觉人的欲望与思想是无法抛却的。人根本不能完全脱离人造的世界，前往纯粹的自然世界，也就是新世界。人的思想和欲望与人同在，渴望自然是很难办到的事情。最终作者开始对自然进行论述，又由自然转换到人们头脑中的神。作者表达了这样的艺术理想：凡美丽的事物，都是简单的；你要求它多么繁复、热烈，那就不对了。作者这种艺术旨趣，既源于泰戈尔的思想，也得益于佛道思想，崇尚"清水出芙蓉，天然去雕饰"。全文典雅朴实，哲理悠远。

※学习·拓展

珊　瑚

　　珊瑚，狭义上就是指珊瑚虫，广义上则不是指单一的生物，而是众多珊瑚虫及其分泌物和骸骨的组合体，大致上可以分为钙质珊瑚和角质珊瑚。钙质珊瑚主要是由无机成分、有机成分和水等组成，包括红珊瑚、白珊瑚和蓝珊瑚；角质珊瑚几乎全部是由有机质组成的，包括金珊瑚和黑珊瑚。

鬼 赞

·名师导读·

生命,有人虚度着,有人充实着,但都会走向同样的结局——死亡。正因为如此,很多人厌倦了努力,畏惧终将死去的将来。那么作者对于生死又有着怎样的看法呢?

名师按语

①此处通过能听到鱼跃出水面的声音,反衬出山间的寂静。

②巡礼:朝拜圣地,借指观光或游览。

你们曾否在凄凉的月夜听过鬼赞?①有一次,我独自在空山里走,除远处寒潭的鱼跃出水声略可听见以外,其余种种,都被月下的冷露幽闭住。我的衣服极其润湿,我两腿也走乏了。正要转回家中,不晓得怎样就经过一区死人的聚落。我因疲极,才坐在一个祭坛上稍息。在那里,看见一群幽魂高矮不齐,从各坟墓里出来。他们仿佛没有看见我,都向着我所坐的地方走来。

他们从这墓走过那墓,一排排地走着,前头唱一句,后面应一句,和举行什么②巡礼一样。我也不觉得害怕,但静静地坐在一旁,听他们的唱和。

第一排唱:"最有福的是谁?"

往下各排挨着次序应。

"是那曾用过视官,而今不能辨明暗的。"

"是那曾用过听官,而今不能辨声音的。"

"是那曾用过嗅官,而今不能辨香味的。"

"是那曾用过味官,而今不能辨苦甘的。"

"是那曾用过触官，而今不能辨粗细、冷暖的。"

各排应完，全体都唱："那弃绝一切感官的有福了！我们的③骷髅有福了！"

第一排的幽魂又唱："我们的骷髅是该赞美的。我们要赞美我们的骷髅。"

领首的唱完，还是挨着次序一排排地应下去。

"我们赞美你，因为你哭的时候，再不流眼泪。"

"我们赞美你，因为你发怒的时候，再不发出紧急的气息。"

"我们赞美你，因为你悲哀的时候再不皱眉。"

"我们赞美你，因为你微笑的时候，再没有嘴唇遮住你的牙齿。"

"我们赞美你，因为你听见赞美的时候再没有血液在你的脉里颤动。"

"我们赞美你，因为你不肯受时间的播弄。"

全体又唱："那弃绝一切感官的有福了！我们的骷髅有福了！"

他们把手举起来一同唱：

④"人哪，你在当生、来生的时候，有泪就得尽量流；有声就得尽量唱；有苦就得尽量尝；有情就得尽量施；有欲就得尽量取；有事就得尽量成就。等到你⑤疲劳、等到你歇息的时候，你就有福了！"

他们诵完这段，就各自分散。一时，山中睡不熟的云直望下压，远地的丘陵都给埋没了。我险些儿也迷了路途，幸而有断断续续的鱼跃出水声从寒潭那边传来，使我稍微认得归路。

③骷髅：干枯无肉的死人头骨或全副骨骼。

④此处运用一系列排比，来说明人活着时应有的态度。无论面对什么，都要尽情去享受。

⑤疲劳：因体力或脑力消耗过多而需要休息。

名师点金

赏析·启示

这一篇,作者运用"那弃绝一切感官的有福了,我们的骷髅有福了",表达生本不乐的思想,因为生在世上有着各种感官会带来不幸。在常人的眼中死亡是可怕的,但是在作者的眼中则是超脱与幸福。作者告诫人们,在活着的时候一定要尽量利用自己的感官,这样等到疲劳和歇息的时候,人就可以真正地享福了。只有真正地珍惜生命,才能领悟人生的意义。

※学习·拓展

许地山小说的独特性

许地山小说的独特性首先表现为异域情调和宗教色彩,代表作为《命命鸟》。其次表现为所阐释的人生观与当时多数文人不同,他认为文学是表现人生观的。再次表现为浪漫主义与现实主义的结合,这也是他作品独特的重要原因之一。许地山虽然创作时间不长,但是作品却都是佳作,而这一切都得益于他自身思考方式的独特性。

愚妇人

名师导读

孩子,对于每一位母亲来说都是处于第一位的,他们永远是母亲的心肝宝贝。但是,不能生育的女子的心情应该是十分苦闷的,是一般人不能了解的。看看文中的这个不能生育的女子吧。

从深山伸出一条①蜿蜒的路,窄而且崎岖。一个②樵夫在那里走着,一面唱:

鸲鹆,鸲鹆,来年莫再鸣!

鸲鹆一鸣草又生。

草木青青不过一百数十日,

到头来,又是樵夫担上薪。

鸲鹆,鸲鹆,来年莫再鸣!

鸲鹆一鸣虫又生。

百虫生来不过一百数十日,

到头来,又要纷纷扑红灯。

鸲鹆,鸲鹆,来年莫再鸣!

他唱时,软和的晚烟已随他的脚步把那小路封起来了,他还要往下唱,猛然看见一个健壮的老妇人坐在溪涧边,对着流水哭泣。

"你是谁?有什么难过的事?说出来,也许我能帮

名师按语

①蜿蜒:(山脉、河流、道路等)弯弯曲曲地延伸的样子。

②樵夫:旧时称以打柴为生的男子。

助你。"

"我么？唉！我……不必问了。"

樵夫心里以为她一定是个要③寻短见的人，④急急把担卸下，进前几步，想法子安慰她。他说："妇人，你有什么难处，请说给我听，或者我能帮助你。天色不早了，独自一人在山中是很危险的。"

妇人说："我从来就不知道什么叫做难过。自从我父母死后，我就住在这树林里。我的亲戚和同伴都叫我做石女。"她说到这里，眼泪就融下来了。往下她的话语就支离得怪难明白。过一会，她才慢慢说："我……我到这两天才知道石女的意思。"

"知道自己名字的意思，更应当喜欢，为何倒反悲伤起来？"

"我每年看见树林里的果木开花，结实；把种子种在地里，又生出新果木来。我看见我的亲戚、同伴们不上两年就有一个孩子抱在她们怀里。我想我也要像这样——不上两年就可以抱一个孩子在怀里。我心里这样说，这样盼望，到如今，六十年了！我不明白，才打听一下。呀，这一打听，叫我多么难过！我没有抱孩子的希望了……然而，我就不能像果木，比不上果木么？"

"哈，哈，哈！"樵夫大笑了，他说，"这正是你的幸运哪！抱孩子的人，比你难过得多，你为何不往下再向她们打听一下呢？我告诉你，不曾怀过胎的妇人是有福的。"

一个路旁素不相识的人所说的话，哪里能够把六十年的希望——迷梦——立时揭破呢？到现在，她的哭声，在樵夫耳边，还可以约略地听见。

③寻短见：寻死，自杀。

④此处表现出了樵夫的善良与乐于助人。

名师点金

赏析·启示

　　这一篇中,作者向我们描述了一位石女的苦恼,一辈子未生过孩子的她,感觉很悲痛。樵夫劝慰她,最后还是没能化解那名妇人的苦闷。妇人的伤心源自心底,是无法化解的。但是结尾处又有一分对于人世的"看开"体现出来,妇女渴望生育的希望不能实现,因而痛苦,但是生儿育女的痛苦却是她没有感受过的,她也算得上是有福的人。可见她的不幸是她只能感知自己的痛苦却不知自己所享受的快乐。这就如同人生,人生中的苦与乐都是相对的。作者希望我们能从这份淡然中体会生命的意义。

※学习·拓展

鸧　鹒

　　鸧鹒,是黄鹂的别称,亦称黄莺、黄鸟,中国最常见的为黑枕黄鹂。鸧鹒体长约25厘米,头部有通过眼周直达枕部的黑纹,翼和尾的中央为黑色。它的鸣声婉转,常被当作观赏鸟,主要食物为林中的有害昆虫。夏季栖息在中国和日本,冬季迁往马来西亚、印度和斯里兰卡等地。

三 迁

·名师导读·

我们都听说过孟母三迁的故事,孟母希望儿子能够安心学习,不要受环境所影响,因而三迁。文中的花嫂子也为自己的儿子三迁,但是却并不是以学习的目的,这到底是怎么回事呢?

①花嫂子着了魔了!她只有一个孩子,舍不得教他入学。她说:"阿同的父亲是因为念书念死的。"

阿同整天在街上和他的小伙伴玩:城市中应有的游戏,他们都玩过。他们最喜欢学警察、人犯、老爷、财主、乞丐。阿同常要做人犯,被人用绳子捆起来,带到老爷跟前挨打。

一天,给花嫂子看见了,说:"这还了得!孩子要学坏了。我得找地方搬家。"

她带着孩子到村庄里住。孩子整天在阡陌间和他的小伙伴玩:村庄里应有的游戏,他们都玩过。他们最喜欢做牛、马、牧童、肥猪、公鸡。阿同常要做牛,被人牵着骑着,鞭着他学耕田。

一天,又给花嫂子看见了,就说:"这还了得!孩子要变畜生了。我得找地方搬家。"

她带孩子到深山的洞里住。孩子整天在悬崖断谷间和他的小伙伴玩。他的小伙伴就是小生番、小猕猴、

名师按语

①开篇交代花嫂子性格偏执的原因,丈夫的死对她造成了沉重的打击,增添人物的悲剧性。

大鹿、长尾三娘、大蛱蝶。他最爱学鹿的跳跃,猕猴的攀缘,蛱蝶的飞舞。

有一天,阿同从悬崖上飞下去了。他的同伴小生番来给花嫂子报信,花嫂子说:"他飞下去么? 那么,他就有本领了。"

呀,花嫂子疯了!

名师点金

赏析·启示

这一篇文章,作者向我们讲述了一位因丈夫去世而变得偏执的妇女。因为自己的丈夫就是读书人,这令花嫂子坚决不让儿子学习。她有一颗偏执的心,却也有一颗关心儿子的心,她害怕自己的孩子受到环境的影响,两者看似十分矛盾,却有一种难以言说的默契,让我们更加同情在当时那个社会中无力而又挣扎的小人物。花嫂子带着阿同一迁再迁,追逐的是生命的本真,逃避的是世俗的残害,从这个意义上看,阿同"飞下去了"与念书致死、遭受钳制比起来,无需悲哀。

※学习·拓展

猕　猴

猕猴是亚洲地区十分常见的小动物,也叫作猢狲、黄猴、恒河猴、广西猴。这种可爱的小动物喜欢居住在石山峭壁中、溪旁沟谷间、河岸茂密的树林里。喜欢群居的它们经常成群结队地在一起嬉戏、追逐。它们的适应能力特别强,因此才给人类提供了驯养繁殖的机会,这种聪明的小生物在生理上与人类比较接近,深受人们喜爱。

处女的恐怖

·名师导读·

　　女孩在初次见到男子时都会表现得很娇羞，那么文中那个可爱娇羞的九姑娘，是否会掩去羞涩结识活泼搞怪的男主人公呢？

　　①深沉院落，静到极地；虽然我的脚步走在细草之上，还能惊动那伏在绿丛里的蜻蜓。我每次来到庭前，不是听见投壶的音响，便是闻得四弦的颤动；今天，连窗上铁马的轻撞声也没有了！

　　②我心里想着这时候小坡必定在里头和人下围棋，于是轻轻走着，也不声张，就进入屋里。出乎主人的意想，跑去站在他后头，等他蓦然发觉，岂不是很有趣？但我轻揭帘子进去时，并不见小坡，只见他的妹子伏在书案上假寐。我更不好声张，还从原处蹑出来。

　　走不远，方才被惊的蜻蜓就用那碧玉琢成的一千只眼瞧着我。一见我来，他又鼓起云母的翅膀飞得飒飒作响。可是破③岑寂的，还是屋里大踏大步的声音。我心知道小坡的妹子醒了，看见院里有客，紧紧要回避，所以不敢回头观望，让她安然走入内衙。

　　"四爷，四爷，我们太爷请你进来坐。"我听得是玉笙的声音，回头便说："我已经进去了，太爷不在屋里。"

名师按语

　　①此处突显出院落的安静，增添神秘气息，吸引读者。

　　②此处表现两人关系的熟络以及主人公的活泼可爱。

　　③岑寂：寂静、寂寞。

名师按语

④此处的语言描写，表现出了太爷与四爷很熟悉，太爷将四爷当熟客。

⑤应酬：交际往来，以礼相待。

⑥莽撞：言语、行动粗率而不谨慎。

⑦此处表现出九姑娘的娇羞与青涩。

"太爷随即出来，请到屋里一候。"她揭开帘子让我进去。果然他的妹子不在了！丫头刚走到衙内院子的光景，便有一股柔和而带笑的声音送到我耳边说：④"外面伺候的人一个也没有；好在是西衙的四爷，若是生客，教人怎样进退？"

"来的无论生熟，都是朋友，又怕什么？"我认得这是玉笙回答她小姐的话语。

"女子怎能不怕男人，敢独自一人和他们⑤应酬么？"

"我又何尝不是女子？你不怕，也就没有什么。"

我才知道她并不曾睡去，不过回避不及，装成那样的。我走近案边，看见一把画未成的纨扇搁在上头。正要坐下，小坡便进来了。

"老四，失迎了。舍妹跑进去，才知道你来。"

"岂敢，岂敢。请原谅我的⑥莽撞。"我拿起纨扇问道，"这是令妹写的？"

"是。她方才就在这里写画。笔法有什么缺点，还求指教。"

"指教倒不敢；总之，这把扇是我捡得的，是没有主的，我要带它回去。"我摇着扇子这样说。

"这不是我的东西，不干我事。我叫她出来与你当面交涉。"小坡笑着向帘子那边叫，"九妹，老四要把你的扇子拿去了！"

他妹子从里面出来，我忙趋前几步——赔笑，行礼。我说："请饶恕我方才的唐突。"她没作声，尽管笑着。我接着说："令兄应许把这扇送给我了。"

小坡抢着说："不！我只说你们可以直接交涉。"⑦她还是笑着，没有作声。

我说："请九姑娘就案一挥，把这画完成了，我好立刻带走。"

但她仍不做声。她哥哥不耐烦，促她说："到底是允许人家是不允许，尽管说，害什么怕？"妹子扫了他一眼，说："人家就是这么害怕嘤。"她对我说，"这是不成东西的，若是要，我改天再奉上。"

我速速说："够了，我不要更好的了。你既然应许，就将这一把赐给我罢。"于是她仍旧坐在案边，用⑧丹青来染那纨扇。我们都在一边看她运笔。小坡笑着对妹子说："现在可不怕人了。"

"当然。"她含笑对着哥哥。自这声音发出以后，屋里、庭外，都非常沉寂，窗前也没有铁马的轻撞声。所能听见的只有画笔在笔洗里拨水的微响，和颜色在扇上的运行声。

名师按语

⑧丹青：红色和青色的颜料，借指绘画。

名师点金

赏析·启示

　　此篇文章，作者向我们展现了一对爱意刚刚萌发的少年。无论是男主人公的活泼搞怪，还是九姑娘的娇羞多才，都给我们留下了深刻的印象。作者将人的情感表达得极为真切，无论是其间隐藏的情愫，还是表情上的害羞腼腆，都令我们感觉到人性的美好。那种返璞归真的人性情感，正是人类所崇尚的最美好、最真实的情感。所以，作者在展现这种情爱的同时，也是想表达对生命与生活的热爱之情。

※学习·拓展

丹青

丹青，泛指绘画艺术，我国的丹青历史相当久远，可以说其中囊括的文化博大精深。我国古代绘画常常偏爱于朱红色、青色，因此"丹青"由此而得名。丹青的颜色稳定，不易掉色，所以，常常用来比喻始终不渝。如《后汉书·公孙述传》："陈言祸福，以明丹青之信。"

落花生 LUOHUASHENG

乡曲的狂言

名师导读

　　为什么那些人总是欺负一个看起来正常的男子呢？他从未打过人，也从未害过人，却为何遭到村民的排斥呢？是他得了罕见的怪病，还是村民有意刁难他呢？

名师按语

　　在城市住久了，每要害起村庄的相思病来。我喜欢到村庄去，不单是贪玩那不染尘垢的山水；并且爱和村里的人攀谈。①我常想着到村里听庄稼人说两句愚拙的话语，胜过在郡邑里领受那些智者的高谈大论。

①表现出作者对乡村生活的喜爱，远超过喧嚣的城市，可以看出作者对自然的崇尚。

　　这日，我们又跑到村里拜访耕田的隆哥。他是这小村的长者，自己耕着几亩地，还艺一所菜园。他的生活倒是可以羡慕的。他知道我们不愿意在他矮陋的茅屋里，就让我们到篱外的瓜棚下坐坐。

　　横空的长虹从前山的凹处吐出来，七色地影印在清潭的水面。我们正凝神看着，②蓦然听得隆哥好像对着别人说："冲那边走罢，这里有人。"

②蓦然：猛然；不经心地。

　　"我也是人，为何这里就走不得？"我们转过脸来，那人已站在我们跟前。那人一见我们，应行的礼，他也懂得。我们问过他的姓名，请他坐。隆哥看见这样，也就不作声了。

③我们看他不像平常人，但他有什么毛病，我们也无从说起。他对我们说："自从我回来，村里的人不晓得当我做个什么。我想我并没有坏意思，我也不打人，也不叫人吃亏，也不占人便宜，怎么他们就这般地欺负我——连路也不许我走？"

和我同来的朋友问隆哥说："他的职业是什么？"隆哥还没作声，他便说："我有事做，我是有职业的人。"说着，便从口袋里掏出一本小折子来，对我的朋友说，"我是做买卖的。我做了许久了，这本折子里所记的账不晓得是人该我的，还是我该人的，我也记不清楚，请你给我看看。"④他把折子递给我的朋友，我们一同看，原来是同治年间的废折！我们忍不住大笑起来，隆哥也笑了。

隆哥怕他招笑话，想法子把他哄走。我们问起他的来历，隆哥说他从少在天津做买卖，许久没有消息，前几天刚回来的。我们才知道他是村里新回来的一个狂人。

隆哥说："怎么一个好好的人到城市里就变成一个疯子回来？我听见人家说城里有什么疯人院，是造就这种疯子的。你们住在城里，可知道有没有这回事？"

我回答说："笑话！疯人院是人疯了才到里边去；并不是把好好的人送到那里教疯了放出来的。"

"既然如此，为何他不到疯人院里住，反跑回来，到处⑤骚扰？"

"那我可不知道了。"我回答时，我的朋友同时对他说："我们也是疯人，为何不到疯人院里住？"

隆哥很诧异地问："什么？"

⑥我的朋友对我说："我这话，你说对不对？认真

名师按语

③此处通过语言描写让我们开始对这个人的身份产生了好奇心。

④此处便可看出这个人的与众不同。

⑤骚扰：扰乱他人、使其不得安宁。

⑥朋友的一番言语意蕴深刻，表现出作者对于人真性情的肯定，对虚伪掩饰的摒弃。

说起来，我们何尝不狂？要是方才那人才不狂呢。我们心里想什么，口又不敢说，手也不敢动，只会装出一副脸孔；倒不如他想说什么便说什么，想做什么就做什么，那份诚实，是我们做不到的。我们若想起我们那些受拘束而显出来的动作，比起他那真诚的自由行动，岂不是我们倒成了狂人？这样看来，我们才疯，他并不疯。"

隆哥不耐烦地说："今天我们都发狂了，说那个干什么？我们谈别的罢。"

瓜棚底下闲谈，不觉把印在水面的长虹惊跑了。隆哥的儿子赶着一对白鹅向潭边来。我的精神又贯注在那纯净的家禽身上。鹅见着水也就发狂了。他们互叫了两声，便拍着翅膀趋入水里，把静明的镜面踏破。

名师点金

赏析·启示

一个疯子的话语常常会成为别人茶余饭后的谈资，总是遭人排斥。但是在这一篇文章中，作者则推翻了常人对于疯人的评价，充分地肯定了疯人身上所体现的真性情。疯人的种种行为遭到人们的排斥，反映出当时社会对于人的思想的禁锢与摧残，不禁令读者心生同情。作者对疯人不是抱以轻蔑和排斥的态度，而是认为现实生活中人们总是隐藏真心，表现得很伪善。而作者在文章的开头就表明对乡村的喜爱，更能够感受到作者对于人性返璞归真的憧憬以及对真性情的向往。

※学习·拓展

疯人院

疯人院就是平时人们所说的精神病院，一旦病人的精神变得异常，类似于急、慢性精神病、神经症和心理障碍者，都会去那里就诊。对于这些特殊的弱势群体，医院也会给予特殊的照顾，他们会得到医学上的救治以及心灵上的抚慰，当他们的意识逐渐清醒，精神恢复正常时，就可以离开疯人院了。

疲倦的母亲

名师导读

　　我们知道乘车是很无聊的事情,尤其是长途旅行。单调地乘车,枯燥地等待,很多时候都会让我们感到很无奈,但是孩子却总是能在这种无聊中,寻到新奇的事物,而困倦的母亲,似乎对此并不感兴趣。

名师按语

①次第:依次,一个接一个地。

②此处生动地表现出小孩子对于新鲜事物的好奇,惹人怜爱。

③此处对母亲一再睡去的描写,可以看出她对外界事物的漠视。

④在孩子的世界中,快乐总是比烦恼多。

　　那边一个孩子靠近车窗坐着,远山,近水,一幅一幅,①次第嵌入窗户,②射到他的眼中。他手画着,口中还咿咿呀呀地唱些没字曲。

　　在他身边坐着一个中年妇人,支着头瞌睡。孩子转过脸来,摇了她几下,说:"妈妈,你看看,外面那座山很像我家门前的呢。"

　　③母亲举起头来,把眼略睁一睁;没有出声,又支着颐睡去。

　　过一会,孩子又摇她,说:"妈妈,不要睡罢,看睡出病来了。你且睁一睁眼,看看外面八哥和牛打架呢。"

　　母亲把眼略略睁开,轻轻打了孩子一下;没有作声,又支着头睡去。

　　④孩子鼓着腮,很不高兴。但过一会,他又唱起来了。

　　"妈妈,听我唱歌罢。"孩子对着她说了,又摇她几下。

　　母亲带着不喜欢的样子说:"你闹什么?我都见

过,都听过,都知道了;你不知道我很疲乏,不容我歇一下么?"

孩子说:"我们是一起出来的,怎么我还顶精神,你就疲乏起来?难道大人不如孩子么?"

车还在深林平畴之间穿行着。车中的人,除那孩子和一两个旅客以外,少有不像他母亲那么⑤酣睡的。

⑤酣睡:熟睡。

名师点金

赏析·启示

此篇文章,作者截取了生活中的一个小片段——火车上的情景。生活中我们都会乘坐火车,我们常常望着窗外苦苦发呆,然而在孩子眼中,一切似乎都变得生动起来。作者就是借助这个现实唤起人们的思考,大人因为习惯了平淡的生活,才会失去观察美、发现美的眼睛。作者通过描写母亲和孩子在火车上的不同表现,反映了不同年龄的人对人生体悟的不同,成人总是疲倦于在现实生活中发现惊喜,从而也就逐渐失去了孩子般的童真。

※学习·拓展

八哥

八哥是鸟纲雀形目椋鸟科八哥属鸟类的通称。在它们的额头上有较多的羽毛,形特延长而竖立,与头顶尖长的羽毛形成巾帻,头侧也有羽毛覆盖,但是局部裸露。两性形体上没有太大的差别。八哥是中国南方比较常见的鸟类,无论是在村寨还是在田野,抑或是在山林边缘的灌木丛中,都有它们的身影。喜欢群居的它们,常常结伴栖息在大树上,过着安逸的生活。

爱流汐涨

━━━ 名师导读 ━━━

　　人世间最痛苦的事情,莫过于心中所爱之人的逝去,文中的男主人公也经历着这样的苦痛,在妻子即将百日的时候,他的情绪坠落到谷底,但是年幼的孩子却不懂他的难过,可怜的他该怎样走出悲伤的情绪呢?

名师按语

①"负"字生动地表现出中年男子心中的苦闷。

②借月亮表达出自己伤感的情绪以及物是人非的伤悲。

③从中可体会出父亲极度悲伤的心情,同时也能感受到他与亡妻之间深厚的感情。

　　月儿的步履已踏过嵇家的东墙了。孩子在院里已等了许久,一看见上半弧的光刚射过墙头,便忙忙跑到屋里叫道:"爹爹,月儿上来了,出来给我燃香罢。"

　　屋里坐着一个中年的男子,①他的心负了无量的愁闷。②外面的月亮虽然还像去年那么圆满,那么光明,可是他对于月亮的情绪就大不如去年了。当孩子进来叫他的时候,他就起来,勉强回答说:"宝璜,今晚上不必拜月,我们到院里对着月光吃些果品,回头再出去看看别人的热闹。"

　　孩子一听见要出去看热闹,更喜得了不得。他说:"为什么今晚上不拈香呢?记得从前是妈妈点给我的。"

　　③父亲没有回答他。但孩子的话很多,问得父亲越发伤心了。他对着孩子不甚说话。只有向月不歇地叹息。

　　"爹爹今晚上不舒服么?为何气喘得那么厉害?"

155

名师按语

④性地：禀性、性情。

父亲说："是，我今晚上病了。你不是要出去看热闹么？可以教素云姐带你去，我不能去了。"

素云是一个年长的丫头。主人的心思、④性地，她本十分明白，所以家里无论大小事几乎是她一人主持。她带宝璜出门，到河边看看船上和岸上各样的灯色；便中就告诉孩子说："你爹爹今晚不舒服了，我们得早一点回去才是。"

孩子说："爹爹白天还好好地，为何晚上就害起病来？"

"唉，你记不得后天是妈妈的百日吗？"

"什么是妈妈的百日？"

"妈妈死掉，到后天是一百天的工夫。"

孩子实在不能理会那"一百日"的深密意思，素云只得说："夜深了，咱们回家去罢。"

素云和孩子回来的时候，父亲已经躺在床上，见他们回来，就说："你们回来了。"她跑到床前回答说："二舍，我们回来了。晚上大哥儿可以和我同睡，我招呼他，好不好？"

父亲说："不必。你还是睡你的罢。你把他安置好，就可以去歇息，这里没有什么事。"

这个七岁的孩子就睡在离父亲不远的一张小床上。外头的鼓乐声，和树梢的月影，把孩子⑤嬲得不能睡觉。在睡眠的时候，父亲本有命令，不许说话；所以孩子只得默听着，不敢发出什么声音。

⑤嬲：niǎn，戏弄；纠缠。

乐声远了，在近处的杂响中，最激刺孩子的，就是从父亲那里发出来的⑥啜泣声。在孩子的思想里，大人是不会哭的。所以他很诧异地问："爹爹，你怕黑么？大猫要来咬你么？你哭什么？"他说着就要起来，因为他也

⑥啜泣：抽噎；抽抽搭搭地哭。

怕大猫。

父亲阻止他，说："爹爹今晚上不舒服，没有别的事。不许起来。"

"咦，爹爹明明哭了！我每哭的时候，爹爹说我的声音像河里水声㳽㳽㳽㳽地响；现在爹爹的声音也和那个一样。呀，爹爹，别哭了。爹爹一哭，教宝璜怎能睡觉呢？"

孩子越说越多，弄得父亲的心绪更乱。他不能用什么话来对付孩子，只说："璜儿，我不是说过，在睡觉时不许说话么？你再说时，爹爹就不疼你了。好好地睡罢。"

孩子只复说一句："爹爹要哭，教人怎样睡得着呢？"以后他就静默了。

这晚上的催眠歌，就是父亲的抽噎声。不久，孩子也因着这声就发出微细的鼾息，屋里只有些杂响伴着父亲发出哀音。

名师点金

赏析·启示

在本篇文章中，作者描述的是一位思念亡妻的丈夫，行文中流露出伤感悲凉的情绪。通过描写孩子的天真无知，更加衬托出环境的凄凉以及丈夫内心的伤痛，仿佛一切声音静止了，我们只能听到男主人公心中不断诉说的悲思。哭泣的泪水、伤心的抽噎，都让陷入思念深渊的男主人公难以自拔，痛苦不堪。全文并没有直叙丈夫的强烈情感，而是通过很多间接描写来体现，如孩子的问话一次次摧毁父亲表面上的坚强，让人读后泪流满面。此文是作者借文中人之口表达对亡妻的思念，感人至深，令人动容。

※学习·拓展

猫

猫这种可爱的小生物,无论身处何地,总是能吸引人们的眼球。但是你可能不知道,人类驯化它们已经有3500年的历史了,现在猫成了全世界家庭中最受欢迎的宠物之一。圆圆的脑袋,锐利的爪子,像那些大型的猛兽一样以伏击的方式捕获自己的猎物,灵巧的身体可以攀缘上树,可爱的脂肪质肉垫能够在捕获猎物时,安静得没有任何声响。就是这样一个灵巧的猎手,闪烁着灵性的光辉,深得人类的喜爱。

海角的孤星

·名师导读·

　　一个贫穷的小子,幸运地娶到可爱美丽的新娘,他倾尽所有财产为妻子订下航船的头等舱,载着他们幸福的希望驶向小埠。都说恩爱的人会幸福地生活下去,或许那只是人们寄托的美好希望吧。

　　一走近舷边看浪花怒放的时候，便想起我有一个朋友曾从这样的花丛中隐藏他的①形骸。②这个印象，就是到世界的末日，我也忘不掉。

　　这桩事情离现在已经十年了。然而他在我的记忆里却不像那么久远。③他是和我一同出海的。新婚的妻子和他同行，他很穷，自己买不起头等舱位。但因新人不惯行旅的缘故，他乐意把平生的蓄积尽量地倾泻出来，为他妻子定了一间头等舱。他在那头等船票的佣人格上填了自己的名字，为的要省些资财。

　　他在船上哪里像个新郎，简直是妻的奴隶！旁人的议论，他总是不理会的。他没有什么朋友，也不愿意在船上认识什么朋友，因为他觉得同舟中只有一个人配和他说话。这④冷僻的情形，凡是带着妻子出门的人都是如此，何况他是个新婚者？

　　船向着赤道走，他们的热爱，也随着增长了。东方人的恋爱本带着几分爆发性，纵然遇着冷气，也不容易

名师按语

①形骸：人的躯体。

②足见作者对这件事深刻的记忆，吸引读者探究故事的原委。

③面对贫困的生活，男人仍旧能够慷慨地订下头等舱，可以看出男人对新娘的珍惜与疼爱。

④冷僻：冷落偏僻。

名师按语

⑤环境的优雅,使男子的心情十分愉悦,不经意间便说出了深藏于内心的话。

⑥徽识:泛指标志。

⑦噪杂:嘈杂、喧闹。

收缩,他们要去的地方是槟榔屿附近一个新辟的小埠。下了海船,改乘小舟进去。小河边满是椰子、棕枣和树胶林。轻舟载着一对新人在这神秘的绿荫底下经过,赤道下的阳光又送了他们许多热情、热觉、热血汗,他们更觉得身外无人。

他对新人说:⑤"这样深茂的林中,正合我们幸运的居处。我愿意和你永远住在这里。"

新人说:"这绿得不见天日的林中,只做浪人的坟墓罢了……"

他赶快截住说:"你老是要说不吉利的话!然而在新婚期间,所有不吉利的语言都要变成吉利的。你没念过书,哪里知道这林中的树木所代表的意思。书里说'椰子是得子息的⑥徽识树',因为椰子就是'迓子'。棕枣是表明爱与和平。树胶要把我们的身体粘得非常牢固,至于分不开。你看我们在这林中,好像双星悬在鸿蒙的穹苍下一般。双星有时被雷电吓得躲藏起来,而我们常要闻见许多歌禽的妙音和无量野花的香味。算来我们比双星还快活多了。"

新人笑说:"你们念书人的能干只会在女人面前搬唇弄舌罢;好听极了!听你的话语,也可以不用那发妙音的鸟儿了,有了别的声音,倒嫌⑦噪杂咧!……可是,我的人哪,设使我一旦死掉,你要怎办呢?"

这一问,真个是平地起雷咧!但不晓得新婚的人何以常要发出这样的问。不错的,死的恐怖,本是和快乐的愿望一齐来的呀。他的眉不由得不皱起来了,酸楚的心却拥出一副笑脸,说:"那么,我也可以做个孤星。"

"咦,恐怕孤不了罢。"

"那么,我随着你去,如何?"他不忍看着他的新人,掉头出去向着流水,两行热泪滴下来,正和船头激成的水珠结合起来。新人见他如此,自然要后悔,但也不能对她丈夫⑧忏悔,因为这种悲哀的霉菌,众生都曾由母亲的胎里传染下来,谁也没法医治的。她只能说:"得啦,又伤心什么?你不是说我们在这时间里,凡有不吉利的话语,都是吉利的么?你何不当做一种吉利话听?"她笑着,举起丈夫的手,用他的袖口,帮助他擦眼泪。

⑨他急得把妻子的手摔开说:"我自己会擦。我的悲哀不是你所能擦,更不是你用我的手所能灭掉的,你容我哭一会罢。我自己知道很穷,将要养不起你,所以你……"

妻子忙煞了,急掩着他的口,说:"你又来了。谁有这样的心思?你要哭,哭你的,不许再往下说了。"

这对⑩相对无言的新夫妇,在沉默中随着流水湾行,一直驶入林荫深处。自然他们此后定要享受些安泰的生活。然而在那邮件难通的林中,我们何从知道他们的光景?

三年的工夫,一点消息也没有!我以为他们已在林中做了人外的人,也就渐渐把他们忘了。这时,我的旅期已到,买舟从槟榔屿回来。在二等舱上,我遇见一位很熟的旅客。我左右⑪思量,总想不起他的名姓,幸而他还认识我,他一见我便叫我说:"落君,我又和你同船回国了!你还记得我吗?我想我病得这样难看,你决不能想起我是谁。"他说我想不起,我倒想起来了。

我很惊讶,因为他实在是病得很厉害了。我看见他妻子不在身边,只有一个咿呀学舌的小婴孩躺在床上。不用问,也可断定那是他的子息。

名师按语

他倒把别来的情形给我说了。他说："自从我们到那里,她就病起来。第二年,她生下这个女孩,就病得更厉害了。唉,幸运只许你空想的!你看她没有和我一同回来,就知道我现在确是成为孤星了。"

我看他憔悴的病容,⑫委实不敢往下动问,但他好像很有精神,愿意把一切的情节都说给我听似的。⑬他说话时,小孩子老不容他畅快地说。没有母亲的孩子,格外爱哭,他又不得不抚慰她。因此,我也不愿意扰他,只说:"另日你精神清爽的时候,我再来和你谈罢。"我说完,就走出来。

那晚上,经过马来海峡,船震荡得很。满船的人,多犯了"海病"。第二天,浪平了。我见管舱的侍者,手忙脚乱地拿着一个麻袋,往他的舱里进去。一问,才知道他已经死了,侍者把他的尸洗净,用细台布裹好,拿了些废铁、几块煤炭,一同放入袋里,缝起来。他的小女儿还不知这是怎么一回事,只咿呀地说了一两句不相干的话。她会叫"爸爸"、"我要你抱"、"我要那个"等等简单的话。在这时,人们也没工夫理会她、调戏她了,她只独自说自己的。

黄昏一到,他的丧礼,也要预备举行了。侍者把麻袋拿到船后的舷边。烧了些楮钱,口中不晓得念了些什么,念完就把麻袋推入水里。那时船的推进机停了一会,隆隆之声一时也静默了。船中知道这事的人都远远站着看,虽和他没有什么情谊,然而在那时候却不免起敬的。这不是从友谊来的⑭恭敬,本是非常难得,他竟然承受了!

他的海葬礼行过以后,就有许多人谈到他生平的历史和境遇。我也钻入队里去听人家怎样说他。有些人

⑫委实:实在、确实。

⑬此处更衬托出男人如今的可怜,增添了人物的悲剧性。

⑭恭敬:谦恭而有礼的。

名师按语

⑮萌蘖:萌发的新芽。比喻事物的开端。

⑯主人公区别于印度人的看法,可以看出作者对于爱情透彻的理解,所谓爱情,无所谓离去,只要拥有过就足够了。

⑰金星:从地球上看到的最明亮的一颗行星,亮度仅次于太阳和月亮。古时又称为启明星、太白星、长庚星等。

说他妻子怎样好,怎样可爱。他的病完全是因为他妻子的死,积哀所致的。照他的话,他妻子葬在万绿丛中,他却葬在不可测量的碧晶岩里了。

旁边有个印度人,拈着他那一大缕红胡子,笑着说:"女人就是悲哀的⑮萌蘖,谁叫他如此?我们要避掉悲哀,非先避掉女人的纠缠不可。我们常要把小女儿献给殑迦河神,一来可以得着神惠;二来省得她长大了,又成为一个使人悲哀的恶魔。"

⑯我摇头说:"这只有你们印度人办得到罢了,我们可不愿意这样办。诚然,女人是悲哀的萌蘖,可是我们宁愿悲哀和她同来,也不能不要她。我们宁愿她嫁了才死,虽然使她丈夫悲哀至于死亡,也是好的。要知道丧妻的悲哀是极神圣的悲哀。"

日落了,蔚蓝的天多半被淡薄的晚云涂成灰白色。在云缝中,隐约露出一两颗星星。⑰金星从东边的海涯升起来,由薄云里射出它的光辉。小女孩还和平时一样,不懂得什么是可悲的事。她只顾抱住一个客人的腿,绵软的小手指着空外的金星,说:"星!我要那个!"她那副嬉笑的面庞,迥不像个孤儿。

名师点金

赏析·启示

在这一篇文章中,作者向我们描述了一个穷酸的小伙子以及他美丽的新娘。面对潦倒的境遇,小伙子仍旧倾尽所能,这足见他对妻子的爱以及对婚姻的敬重。在两人的对话中,可以看出男人性格上的自卑以及对失去妻子的恐惧。在惶恐中,却不料妻子生下女儿后就与世长辞。男人在船上怀着悲痛的心情走向了死亡。这样的爱情在他人看来是既悲哀又可怜的，但是作者不这样认为，作者更多的是敬重，"要知道丧妻的悲哀是极神圣的悲哀"，对这种超越爱情的情感，文中充满怜悯和赞美。文章用倒叙手法和大量口语，将读者带向深沉的宗教情怀和人道主义的人文关怀。

※学习·拓展

椰　子

　　椰子就是椰子树的果实。椰子树是热带喜光作物，喜高温、多雨、阳光充足且海风吹拂的环境。椰子的外果皮较薄，呈褐绿色，中果皮为厚纤维层，内层果皮呈角质。椰果内有一贮存椰浆的空腔。在果实新鲜的时候，会有清澈的液体，也就是椰汁。椰汁香甜可口，营养丰富，是极好的清凉解渴的饮品。

无法投递之邮件

·名师导读·

　　突然出现了一些未成功寄出的信件,为什么呢?这些信又写了些什么内容呢?相信每一个信件里都有一个故事。接下来,就让我们一起读一读里面的故事吧。

名 师 按 语

①砒石:由含砷矿石加工制成,含有三氧化二砷。用于痔疮、疟疾等病症的治疗。因毒性极强,需慎用。

给诵幼

　　(不能投递之原因——地址不明,退发信人写明再递。)

　　诵幼,我许久没见你了。我近来患失眠症。梦魂呢,又常困在躯壳里飞不到你身边,心急得很。但世间事本无容人着急的余地,越着急越不能到,我只得听其自然罢了。你总不来我这里,也许你怪我那天藏起来,没有出来帮你忙的缘故。呀,诵幼,若你因那事怪了我,可就冤枉极了!我在那时,全身已抛在烦恼的海中,自救尚且不暇,何能顾你?今天接定慧的信,说你已经被释放了,我实在欢喜得很!呀,诵幼,此后须要小心和男子相往来。你们女子常说"男子坏的很多",这话诚然不错。但我以为男子的坏,并非他生来就是如此的,是跟女子学来的。诵幼,我说这话,请你不要怪我。你的事且不提,我拿文锦的事来说罢。他对于尚素本来是很诚实的,但尚素要将她和文锦的交情变为更亲密的交情,故不得不胡乱献些殷勤。呀,女人的殷勤,就是使男子变坏的①砒石哟!

我并不是说女子对于男子要很森严、冷酷，像怀霄待人一样；不过说没有智慧的殷勤是危险的罢了。

我盼望你今后的景况像湖心的白鹄一样。

给贞蕤

（不能投递之原因——此人已离广州。）

自走马营一别，至今未得你的消息。②知道你的生活和行脚僧一样，所以没有破旅愁的书信给你念。昨天从秔香处听见你的近况，且知道你现在住在这里，不由得我不写这几句话给你。

③我的朋友，你想北极的冰洋上能够长出花菖蒲，或开得像尼罗河边的王莲来么？我劝你就回家去罢。放着你清凉而恬淡的生活不享，飘零着找那不知心的"知心人"，为何自找这等刑罚？纵说是你当时得罪了他，要找着他向他谢罪，可是罪过你已认了，那温润不挠、如玉一般的情好岂能弥补得毫无瑕疵？

我的朋友，我常想着我曾用过一管笔，有一天无意中把笔尖误烧了（因为我要学篆书，听人说烧尖了好写），就不能再用它。但我很爱那笔，用尽许多法子，也补救不来；就是拿去找笔匠，也不能出什么主意，只是叫我再换过一管罢了。我对于那天天接触的小宝贝，虽舍不得扔掉，也不能不把它藏在笔囊里。人情虽不能像这样换法，然而，我们若在不能换之中，姑且当做能换，也就安慰多了。你有心牺牲你的命运，他却无意成就你的愿望，你又何必！我劝你早一点回去罢，看你年少的容貌或逃镜影中，在你背后的黑影快要闯入你的身里，把你青春一切活泼的风度赶走，把你光艳的躯壳夺去了。

我再三叮咛你，不知心的"知心人"，纵然找着了，

②表现出她生活的居无定所，广游四方，吸引读者探究她游走的原因。

③交代收信人游走的原因，可以看出她对"知心人"的一往情深以及内心的忏悔。

名师按语

只是加增懊恼，毫无用处的。

给小峦

（不能投递之原因——此人已入疯人院。）

绿绮湖边的夜谈，是我们所不能忘掉的。但是，小峦，我要告诉你，迷生决不能和我一样，常常惦念着你，因为他的心多用在那恋爱的遗骸上头。你不是叫我探究他的意思吗？我昨天一早到他那里去，在一件事情上，使我理会他还是一个爱的坟墓的守护者。若是你愿意听这段故事，我就可以告诉你。

我一进门时，他垂着头好像很悲伤的样子，便问："迷生，你又想什么来？"他叹了一声才说："④她织给我的领带坏了！我身边再也没有她的遗物了！人丢了，她的东西也要陆续地跟着她走，真是难解！"我说："是的，太阳也有破坏的日子，何况一件小小东西，你不许它坏，成么？"

"为什么不成！若是我不用它，就可以保全它，然而我怎能不用？我一用她给我留下的器用，就借那些东西要和她⑤交通，且要得着无量安慰。"他低垂的视线牵着手里的旧领带，接着说，"唉，现在她的手泽都完了！"

小峦，你想他这样还能把你惦记在心里么？你太轻于自信了。我不是使你失望，我很了解他，也了解你，你们固然是亲戚，但我要提醒除你疏淡的友谊外，不要多走一步。因为，凡最终的地方，都是在对岸那很高、很远、很暗，且不能用平常的舟车达到的。你和迷生的事，据我现在的观察，纵使蜘蛛的丝能够织成帆，蜣螂的甲能够装成船，也不能渡你过第一步要过的心

④迷生沉浸在对"她"的思念中，难以自拔。

⑤交通：交流沟通。

意的⑥沪洋。你不要再发痴了，还是回向莲台，拜你那低头不语的偶像好。你常说我给麻醉剂你服，不错的！若是我给一毫一厘的兴奋剂你服，恐怕你要起不来了。

答劳云

（不能投递的原因——劳云已投金光明寺，在岭上，不能递。）

中夜起来，月还在座，渴鼠蹑上桌子偷我⑦笔洗里的墨水喝，我一下床它就吓跑了。它惊醒我，我吓跑它，也是公道的事情。到窗边坐下，且不点灯，回想去年此夜，我们正在了因的园里共谈，你说我们在万本芭蕉底下直像草根底下斗鸣的小虫。唉，今夜那园里的小虫必还在草根底下叫着，然而我们呢？本要独自出去一走，争奈院里鬼影历乱，又没有侣伴，只得作罢了。睡不着，偏想茶喝，到后房去，见我的小丫头被慵睡锁得很牢固，不好解放她，喝茶的念头，也得作罢了。回到窗边坐下，摸摸窗棂，无意摸着你前月的信，就仗着月灯再念了一遍。可幸你的字比我写得还要粗大，念时尚不费劲。在这时候，只好给你写这封回信。

劳云，我对了因所说，哪得天下荒山，重叠围合，做个大监牢——野兽当⑧逻卒，古树作栅栏，烟云拟桎梏，茑萝为锁链——闲散地囚禁你这流动人愁怀的诗犯？不想你真要自首去了！去也好，但我只怕你一去到那里便成诗境，不是诗牢了。

你问我为什么叫你做诗犯，我自己也不知其所以然。我觉得你的诗虽然很好，可是你心里所有的和手里写出来的总不能适合，不如把笔摔掉，到那只许你心儿领会的诗牢去更妙。遍世间尽是诗境，所以诗人易做。

名师按语

⑥沪洋：水深广没有边际的样子。

⑦笔洗：用来盛水濯洗余墨的器皿。

⑧逻卒：旧称巡逻的士兵。亦称逻子。

名师按语

诗人无论遇着什么,总不肯静嘿着,非发出些愁苦的诗不可,真是难解。譬如今夜夜色,若你在时,必要把院里所有的调戏一番,非叫它们都哭了,你不甘心。这便是你的过犯了。所以我要叫你做诗犯,很盼望你做个诗犯。

一手按着手电灯,一手写字,很容易乏,不写了。今夜起来,本不是为给你写回信,然而在不知不觉中,就误了我半小时,不能和我那个"月"默谈。这又是你的罪过!

院里的虫声直如鬼哭,听得我毛发尽竦。还是埋头枕底,让那只小鼠畅饮一场罢。

给琰光

(不能投递之原因——琰光南归就婚,嘱所有男女来书均退回。)

你在我心中始终是一个生面人,彼此间再也不能有什么微妙深沉的认识了。这也是难怪的。⑨白孔雀和白熊虽是一样清白,而性情的冷暖各不相同,故所住的地方也不相同。我看出来了!你是白熊,只宜徘徊于古冰峥嵘的岩壑间,当然不能与我这白孔雀一同飞翔于缨藤缕缕、繁花树树的森林里。可惜我从前对你所有意绪,到今日落得寸断毫分,流离到踪迹都无。我终恨我不是创作者呀!怎么连这刹那等速的情爱时间也做不来?

我热极了,躺在病床上,只是同冰做伴。你的情愫也和冰一样,我愈热,你愈融,结果只使我戴着一头冷水。就是在手中的,也消融尽了。⑩人间第一痛苦就是无情的人偏会装出多情的模样,有情的倒是缄口束

⑨以白孔雀和白熊作比,点出了"我"和琰光之间差异之大。

⑩表现了爱情中的痛苦与无奈。

手,无所表示!启芳说我是泛爱者,劳生说我是兼爱者,但我自己却以为我是困爱者。我实对你说,我自己实不敢做,也不能做爱恋业,为困于爱,故整日颠倒于这甜苦的重围中,不能自行救度。⑪爱的沉沦是一切救主所不能救的。爱的迷蒙是一切"天人师"所不能训诲开示的。爱的刚愎是一切"调御丈夫"所不能降伏的。

病中总希望你来看看我,不想你影儿不露,连信也不来!似游丝的情绪只得因着记忆的风挂搭在西园西篱,晚霞现处。那里站着我儿时曾爱、现在犹爱的邕。她是我这一生第一个女伴,二十四年的别离,我已成年,而心像中的邕还是两股小辫垂在绿衫儿上。毕竟是别离好呵! 别离的人总不会老的,你不来也就罢了,因为我更喜欢在旧梦中寻找你。

你去年对我说那句话,这四百日中,我未尝忘掉要给你一个解答。你说爱是你的,你要予便予,要夺便夺。又说要得你的爱须付代价。咦,你老脱不掉女人的骄傲!无论是谁,都不能有自己的爱。你未生以前,爱恋早已存在,不过你偷了些少来眩惑人罢了。你到底是个爱的小窃,同时是个爱的典质者。你何尝花了一丝一忽的财宝,或费了一言一动的劳力去索取爱恋,你就想便宜得来,高贵地售出?人间第二痛苦就是出无等的代价去买不用劳力得来的爱恋。我实在告诉你,要代价的爱情,我买不起。

焦把纸笔拿到床边,迫着我写信给你,不得已才写了这一套话。我心里告诉我说,从诚实心表现出来的言语,永不至于得罪人,所以我想上头所说的不会动你的怒。

名师按语

⑪充分表现出人在爱情上的情不自禁、无能为力。

给憬然三姑

（不能投递之原因——本宅并无"三姑"称谓。）

⑫我来找你，并不是不知道你已嫁了，怎么你总不敢出来和我叙叙旧话？我一定要认识你的"天"以后才可以见你么？三千里的海山，十二年的隔绝，此间：每年、每月、每个时辰、每一念中都盼着要再会你。一踏入你的大门，我心便摆得如秋千一般，几乎把心房上的大脉震断了。谁知坐了半天，你总不出来！好容易见你出来，客气话说了，又坐我背后。那时许多人要与我谈话，我怎好意思回过脸去向着你？

⑬合卺酒是女人的懵兜汤，一喝便把儿女旧事都忘了；所以你一见了我，只似曾相识，似不相识，似怕人知道我们曾相识，两意三心，把旧时的好话都撇在一边。

那一年的深秋，我们同在昌华小榭赏残荷。我的手误触在竹栏边的仙人掌上，竟至流血不止。你从你的镜囊取出些粉纸，又拔两根你香柔而黑甜的头发，为我裹缠伤处。你记得那时所说的话么？你说："这头发虽然不如弦的韧，用来缠伤，足能使得，就是用来系爱人的爱也未必不能胜任。"⑭你含羞说出的话真果把我心系住，可是你的记忆早与我的伤痕一同丧失了。

又是一年的秋天，我们同在屋顶放一只心形纸鸢。你扶着我的肩膀看我把线放尽了。纸鸢腾得很高，因为风力过大，扯得线儿欲断不断。你记得你那时所说的话么？你说："这也不是'红线'，容它断了罢。"我说："你想我舍得把我偷闲做成的'心'放弃掉么？纵然没有红线，也不能容它流落。"你说："放掉假心，还有真心呢。"你从我手里把白线夺过去，一撒手，纸鸢便翻了无数的筋斗,带着堕线飞去,挂在皇觉寺塔顶。那破心的纤维也许还存在塔上,可是你的记忆早与当时的风一样地不能追寻了。

有一次,我们在流花桥上听⑮鹡鸰,你的白袜子给道旁的曼陀罗花汁染污了。我要你脱下来,让我替你洗净。你记得当时你说什么来? 你说:"你不怕人笑话么——岂有男子给女子洗袜子的道理? 你忘了我方才用栀子花蒂在你掌上写了我的名字么? 一到水里,可不把我的名字从你手心洗掉,你怎舍得?"唉,现在你的记忆也和写在我掌上的名字一同消灭了!

⑯真是! 合卺酒是女人的懵兜汤,一喝便把儿女旧事都忘了。但一切往事在我心中都如残机的线,线线都相连着,一时还不能断尽。我知道你现在很快活,因为有了许多子女在你膝下。我一想起你,也是和你对着儿女时一样地喜欢。

给爽君夫妇

(不能投递之原因——爽君逃了,不知去向。)

你的问题,实在是时代问题,我不是先知,也不能决定说出其中的秘奥。但我可以把几位朋友所说的话介绍给你知道,你定然要很乐意地念一念。

⑰我有一位朋友说:"要双方发生误解,才有爱情。"他的意思以为相互的误解是爱情的基础。若有一方面了解,一方面误解,爱也无从悬挂的。若两方面都互相了解,只能发生更好的友谊罢了。爱情的发生,因为我不知道你是怎么一回事,你不知道我是怎么一回事。若彼此都知道很透彻,那时便是爱情的老死期到了。

又有一位朋友说:"爱情是彼此的帮助;凡事不顾

名师按语

⑮鹡鸰:鸟名,背部和腹部黑白两色相杂,头顶棕色,脚橙黄色,生活在有灌木丛的低矮山地,吃昆虫、蚯蚓、植物的种子等。

⑯一再重复的话语,表明寄信人对三姑的怀念以及爱恋。

⑰运用各位朋友的话语,表现爱情的神秘与各人对爱情的理解。

自己，只顾人。"这句话，据我看来，未免广泛一点。我想你也知道其中不尽然的地方。

又有一位朋友说："能够把自己的人格忘了，去求两方更高的共同人格便是爱情。"他以为爱情是无我相的，有"我"的执着不能爱，所以要把人格丢掉；然而人格在人间生活的期间内是不能抛弃的，为这缘故，就不能不再找一个比自己人格更高尚的东西。他说这要找的便是共同人格。两方因为再找一个共同人格，在某一点上相遇了，便连合起来成为爱情。

此外有许多陈腐而很新鲜的论调我也不多说了。总之，爱情是非常神秘，而且是一个人一样的。近时的作家每要夸炫说："我是不写爱情小说，不作爱情诗的。"介绍一个作家，也要说："他是不写爱情的文艺的。"我想这就是我们不能了解爱情本体的原因。爱情就是生活，若是一个作家不会描写，或不敢描写，他便不配写其余的文艺。

我自信我是有情人，虽不能知道爱情的神秘，却愿多多地描写爱情生活。我立愿尽此生，能写一篇爱情生活，便写一篇；能写十篇，便写十篇；能写百、千、亿、万篇，便写百、千、亿、万篇。立这志愿，为的是安慰一般互相误解、不明白的人。你能不骂我是爱情牢狱的广告人么？

这信写来答复爽君。亦雄也可同念。

复诵幼

（不能投递之原因——该处并无此人。）

"是神造宇宙、造人间、造人、造爱；还是爱造人、造人间、造宇宙、造神？"这实与"是男生女，是女生男"的旧谜一般难决。我总想着人能造的少，而能破的多。同时，这一方面是造，那一方面便是破。世间本没有"无限"。你破璞来造你的玉簪，破贝来造你的珠珥，破木为梁，破石为墙，破蚕、棉、麻、麦、牛、羊、鱼、鳖的生命来造你的日用饮食，乃至破五金来造货币、枪弹，以残害同类、异种的生命。这都是破造双成的。要生活就得破。就是你现在的"室家之乐"也从破得来。你破人家亲子之爱来造成的配偶，又何尝不是破？破是不坏的，不过现代的人还找不出破坏量少而建造量多的一个好方法罢了。

名师按语

你问我和她的情谊破了不，我要诚实地回答你说：诚然，我们的情谊已经碎为流尘，再也不能复原了；但在清夜中，旧谊的鬼灵曾一度蹑到我记忆的仓库里，悄悄把我伐情的斧——怨恨——拿走。我揭开被褥起来，待要追它，它已乘着我眼中的毛轮飞去了。这不易寻觅的鬼灵只留它的踪迹在我书架上。原来那是伊人的文件！我伸伸腰，揉着眼，取下来念了又念，伊人的冷面复次显现了。旧的情谊又从字里行间复活起来。相怨后的复和，总解不通从前是怎么一回事，也诉不出其中的甘苦。心面上的青紫惟有用泪洗濯而已。有涩泪可流的人还算不得是悲哀者。所以我还能把壁上的琵琶抱下来弹弹，一破清夜的岑寂。你想我对着这归来的旧好必要弹些高兴的调子。可是我那夜弹来弹去只是一阕《长相忆》，总弹不出《好事》！这奈何，奈何？我理会从记忆的坟里复现的旧谊，多年总有些分别。但玉在她的信里附着几句短词嘲我说：

　　噫，说到相怨总是表面事，
　　心里的好人儿仍是旧相识。
　　是爱是憎本容不得你做主，
　　你到底是个爱恋的⑱奴隶！

她所嘲于我的未免太过。然而那夜的境遇实是我破从前一切情愫所建造的。此后，纵然表面上极淡的交谊也没有，而我们心心的理会仍可以来去自如。

你说爱是神所造，劝我不要拒绝，我本没有拒绝，然而憎也是神所造，我又怎能不承纳呢？我心本如香

⑱奴隶：为奴隶主劳动而没有人身自由的人。常常被奴隶主任意买卖或杀害。

名师按语

⑲簰筏：即排筏。用竹或木编成的筏子。

⑳琵琶：中国拨弦乐器，多用木料制成。下部为半梨形的盘，上部为长柄，柄端向后弯曲。

㉑金罍：古代用于盛酒和水的青铜器皿。

水海，只任轻浮的慈惠船载着喜爱的花果在上面游荡。至于满载痴石嗔火的⑲簰筏，终要因它的危险和沉重而消没净尽，焚毁净尽。爱憎既不由我自主，那破造更无消说了。因破而造，因造而破，缘因更迭，你哪能说这是好，那是坏？至于我的心迹连我自己也不知道，你又怎能名其奥妙？人到无求，心自清宁，那时既无所造作，亦无所破坏。我只觉我心还有多少欲念除不掉，自当勇敢地破灭它至于无余。

你，女人，不要和我讲哲学。我不懂哲学。我劝你也不要希望你脑中有百"论"、千"说"、亿万"主义"，那由他"派别"，辩来论去，逃不出鸡子方圆的争执。纵使你能证出鸡子是方的，又将如何？你还是给我讲讲音乐好。近来造了一阕《暖云烘寒月》⑳琵琶谱，顺抄一份寄给你。这也是破了许多工夫造得来的。

复真龄

（不能投递之原因——真龄去国，未留住址。）

自与那人相怨后，更觉此生不乐。不过旧时的爱好，如洁白的寒鹭，三两时间飞来歇在我心中泥泞的枯塘之岸，有时漫涉到将干未干的水中央，还能使那寂静的平面随着她的步履起些微波。

唉，爱姐姐和病弟弟总是孪生的呵！我已经百夜没睡了。我常说，我的爱如香冽的酒，已经被人饮尽了，我哀伤的㉑金罍里只剩些残冰的融液，既不能醉人，又足以冻我齿牙。你试想，一个百夜不眠的人，若渴到极地，就禁得冷饮么？

"为爱恋而去的人终要循着心境的爱迹归来"，我老是这样地颠倒梦想。但两人之中，谁是为爱恋先走开的？我说那人，那人说我。谁也不肯循着谁的爱迹归来。这委是一件胡卢事！玉为这事也和你一样写信来呵责我，她真和她眼中的瞳子一样，不用镜子就映不着自己。所以我给她寄一面小镜去。她说"女人总是要人爱的"，难道男子就不是要人爱的？她当初和球一自相怨后，也是一样蒙起各人的面具，相逢直如不识。他们两个复和，还是我的工夫，我且写给你看。

那天，我知道球要到帝室之林去赏秋叶，就㉒怂恿她与我同去。我远地看见球从溪边走来，借故撇开她，留她在一棵枫树底下坐着，自己藏在一边静观。人在落叶上走是秘不得的。球的足音，谅她听得着。球走近树边二丈相离的地方也就不往前进了。他也在一根横卧的树根上坐下，拾起枯枝只顾挥拨地上的败叶。她偷偷地看球，不作声，也不到那边去。球的双眼有时也从假意低着的头斜斜地望她。他一望，玉又假做看别的了。谁也不愿意表明谁看着谁来。你知道这是很平常的事。由爱至怨，由怨至于假不相识，由假不相识也许能回到原来的有情境地。我见如此，故意走回来，向她说："球在那边哪！"她回答："看见了。"你想这话若多两个字"钦此"，岂不成这娘娘的㉓懿旨？我又大声嚷球。他的回答也是一样地庄严，几乎带上"钦此"二字。我跑去把球揪来，对他们说："你们彼此相对道道歉，如何？"到底是男子容易劝。球到她跟前说："我也不知道怎样得罪你。他迫着我向你道歉，我就向你道歉罢。"她望着球，心里愉悦之情早破了她的双颊冲出来。她说："人为什么不能自主到这步田地？连道个歉也要朋友迫着来。"好了，他们重新说起话来了！

她是要男子爱的，所以我能给她办这事。我是要

㉒怂恿：从旁劝说、鼓动别人去做的意思。

㉓懿旨：皇太后或皇后的诏令或指令称为懿旨。

名师按语

㉔真正的爱情需要双方的"真相知",需要相互的理解,需要双方的维护和付出。

㉕侧面烘托怀霄自以为是、狂傲自大的性格。

㉗可以看出男子性格上的清高与所具有的原则。

女人爱的,故勿需去瞅睬那人,㉔我在情谊的道上非常诚实,也没有变动,是人先离开的。谁离开,谁得循着自己心境的爱迹归来。我哪能长出千万翅膀飞入苍茫里去找她?再者,他们是醉于爱的人,故能一说再合。我又无爱可醉,犯不着去讨当头一棒的冷话。您想是不是?

给怀霄

(不能投递之原因——此信遗在道旁,由陈斋夫拾回。)

㉕好几次写信给你都从火炉里捎去。我希望当你看见从我信笺上出来那几缕烟在空中飘扬的时候,我的意见也能同时印入你的网膜。

怀霄,我不愿意写信给你的缘故,因为你只当我是有情的人,不当我是有趣的人。我尝对人说,你是可爱的,不过你游戏天地的心比什么都强,人还够不上爱你。朋友们都说我爱你,连你也是这样想,真是怪事!你想男女得先定其必能相爱,然后互相往来么?好人甚多,怎能个个爱恋他?不过这样的成见不止你有,我很可以原谅你。我的朋友,在爱的田园中,当然免不了三风四雨。从来没有不变化的天气能教一切花果开得斑斓,结得磊砢的。你连种子还没下,就想得着果实,便是办不到的。我告诉你,真能下雨的云是一声也不响的。不掉点儿的密云,雷电反发射得弥满大地。所以人家的话,不一定就是事实,请你放心。

㉖男子愿意做女人的好伴侣、好朋友,可不愿意当她们的奴才,供她们使令。他愿意帮助她们,可不喜欢奉承谄媚她们,男子就是男子,媚是女人的事。你若

把"女王"、"女神"的尊号暂时收在镜囊里,一定要得着许多能帮助你的朋友。我知道你的性地很冷酷,你不但不愿意得几位新的好友,或极疏淡的学问之交,连旧的你也要一个一个弃绝掉。嫁了的女朋友,和做了官的男相识,都是不念旧好的。与他们见面时,常竟如路人。你还未嫁,还未做官,不该施行那样的事情。我不是呵责你,也不是生气——就使你侮辱我到极点,我也不生气。我不过尽我的情劝告你罢了。说到劝告,也是不得已的。这封信也是在万不得已的境遇底下写的。写完了,我还是盼望你收不到。

复少觉

　　(不能投递之原因——受信人地址为墨所污,无法投递。)

　　同年的老弟:我知道怀书多病,故月来未尝发信问候,恐惹起她的悲怨。她自说:"我有心事万缕,总不愿写出、说出;到㉗无可奈何时节,只得由它化作血丝飘出来。"所以她也不写信告诉我她到底是害什么病。我想她现时正躺在病榻上呢。

　　唉,怀书的病是难以治好的。一个人最怕有"理想"。理想不但能使人病,且能使人放弃他的性命。她甚至抱着理想的理想,怎能不每日病透二十四小时?她常对我说:"有而不完全,宁可不有。"你想"完全"真能在人间找得出来的么?就是遍游亿万尘沙世界,经过㉘庄严劫、贤劫、星宿劫,也找不着呀!不完全的世界怎能有完全的人?她自己也不完全,怎配想得一个完全的男子?纵使世间真有一个完全的男子,与她理想的理想一样,那男子对她未必就能起敬爱。罢了!这

㉗无可奈何:对某事或某物没有任何办法。

㉘佛教用语。过去的大劫叫作庄严劫;现在的大劫叫作贤劫;未来的大劫叫作星宿劫。

名师按语

名师按语

㉙渴鹿趋阳焰：一群渴极的鹿，误把阳光中的尘埃当作水波，拼命狂奔。比喻把伪像当作事实，徒劳无功，无法达到目的。

㉚泅近：游泳靠近。

又是一种㉙渴鹿趋阳焰的事，即令它有千万蹄，每蹄各具千万翅膀，飞跑到旷野尽处，也不能得点滴的水；何况她还盼望得到绿洲做她的憩息饮食处？朋友们说她是"愚拙的聪明人"，诚然！她真是一个万事伶俐、一时懵懂的女人。她总没想到"完全"是由妖魔画空而成，本来无东西，何能捉得住？多才、多艺、多色、多意想的人最容易犯理想病。因为有了这些，魔便乘隙于她心中画等等极乐、饰等等庄严、造等等偶像，使她这本来辛苦的身心更受造作安乐的刑罚。这刑罚，除了世人以为愚拙的人以外，谁也不能免掉。如果她知道这是魔的诡计，她就㉚泅近解脱的岸边了。"理想"和毒花一样，眼看是美，却拿不得。三家村女也知道开美丽的花的多是毒草，总不敢取来做肴馔，可见真正聪明人还数不到她。自求辛螫的人除用自己的泪来调反省的药饵以外，再没有别样灵方。医生说她外表似冷，内里却中了很深的繁花毒。由毒生热恼，恼极成劳，故呕心有血。我早知她的病源在此，只恨没有神变威力，幻作大白香象，到阿耨达池去，吸取些清凉水来与她灌顶，使她表里俱冷。虽然如此，我还尽力向她劝说，希望她自己能调伏她理想的热毒。我写到这里，接朋友的信说她病得很凶，我得赶紧去看看她。

名师点金

赏析·启示

这一篇，作者别出心裁地以11封寄给不同友人的信，串联起十余个或情或痴、或无情或绝情的青年男女和这些男女间的爱情故事及其不同的爱情态度。有失去爱人后的执着寻找、有年少的爱人变成他人妻、有男人性格上的固执、有女人天性上的喜欢被爱……爱情一直都是古往今来文人笔下的宠物，人们喜欢那种美好又甜蜜的感情，但是文中的感情则更多的是遗憾与苦涩的。本文以情为线索，以书信为表现形式，展现了一幅广阔的爱情大观图。作者的用意欲为爱作注，不失悲悯地记录各种爱情观，但不做明确表态，爱情，需要青年男女自己去选择、面对和体验。

※学习·拓展

书信

书信，是相隔较远且暂时见不到面的人们相互沟通交流感情的工具。书信的历史久远，它的广泛性和便利性使其在人类交流和沟通的历史上发挥了重要的作用。在电话和电脑高度普及的现代社会里，书信仍旧是人们传递信息、交流思想的重要工具。

知识精练

一、给加点的字选择正确的读音,并在序号上打"√"。

1. 价格便宜(①pián ②biàn)　　2. 威吓(①xià ②hè)

3. 一块空地(①kōng ②kòng)　4. 蓑衣(①suō ②shuāi)

5. 一尊铜佛(①fú ②fó)　　　　6. 天津(①jīn ②jīng)

二、选择题。

1. 下列词语中没有错别字的一项是(　　)

A. 分辩　　庇荫　　迷蒙　　府邸

B. 尘垢　　瑟缩　　荔枝　　瓜蓬

C. 雨俱　　紫檀　　夜阑　　出塞

D. 秀丽　　恍惚　　窗棂　　装束

2. 为下面两个句子选择正确的词语(　　)

(1)＿＿＿＿ 你们那么爱吃花生,就一起来种花生吧。

(2)他 ＿＿＿＿ 说得如此郑重,总理 ＿＿＿＿ 慢慢地取过来翻了几遍。

A. 既然　虽然　却　　　B. 固然　既然　那么

C. 诚然　虽然　但是　　D. 居然　不但　而且

3. 在《暗途》一文中,吾威没有让均哥为他点灯,原因不是(　　)

A. 他担心火光会把长蛇引来,给自己带来危险。

B. 他不愿意麻烦均哥,因为均哥家里也需要这盏灯。

C. 他怕微弱的灯光会搅得满山的昆虫不安。

D. 他担心灯在半路熄灭。与其这样,不如一开始就不提灯。

4. 素云这个人物出自下面哪篇文章( )

A.《你为什么还不回来》　　　B.《爱就是刑罚》

C.《爱流汐涨》　　　　　　　D.《美的牢狱》

5. 下面句子没有使用修辞手法的一句是( )

A. 看你年少的容貌或逃镜影中,在你背后的黑影快要闯入你的身里,把你青春一切活泼的风度赶走,把你光艳的躯壳夺去了。

B. 她只顾抱住一个客人的腿,绵软的小手指着空外的金星,说:"星!我要那个!"她那副嬉笑的面庞,迥不像个孤儿。

C. 进到阜成门,望见北海的白塔已经成为一个剪影贴在洒银的暗蓝纸上。

D. 桃花听得入神,禁不住落了几点粉泪,一片一片凝在地上。

三、填空题。

1. 在《你为什么还不来》一文中,主人公听到几句优美的歌曲,心中便想到:( ),所以你不肯来;还是( ),使你不能来呢?

2. 嬬求反驳丈夫道:"若不剖蚌,怎能得着( )呢? 若不开山,怎能得着( )、( )、( )等宝物呢?"

3.《春天的原野》是一篇语言优美的散文,通过对植物——( )、( )和动物——( )、( )的描写,展现了春天的生机盎然。

4. 在《梨花》一文中,作者用( )、( )两句话来表现姐姐对梨花的喜爱之情。

四、阅读理解。

爹爹说:"花生的用处固然很多,但有一样是很可贵的。这小小的豆不像那好看的苹果、桃子、石榴,把它们的果实悬在枝上,鲜红嫩绿的颜色,令人一望而发生羡慕的心。它只把果子埋在地底,等到成熟,才容人把它挖出来。你们偶然看见一棵花生瑟缩地长在地上,不能立刻辨出它有没有果实,非得等到你接触

它才能知道。"

我们都说："是的。"母亲也点点头。爹爹接下去说："所以你们要像花生,因为它是有用的,不是伟大、好看的东西。"我说："那么,人要做有用的人,不要做伟大、体面的人了。"爹爹说："这是我对于你们的希望。"

1. 这段文字选自(   ),作者是(   ),本篇文章主要围绕着(   )、(   )(   )三件事展开的。

2. 阅读上文,写出父亲对"我们"的希望是什么?

3. 父亲在评价花生时,运用了对比的手法,请写出父亲运用了哪些植物的什么特点与花生进行对比的。

参考答案

一、给加点的字选择正确的读音,并在序号上打"√"。

1.① 2.② 3.② 4.① 5.② 6.①

二、选择题。

1.D 2.A 3.B 4.C 5.B

三、填空题。

1.因为我约你　　因为大雨

2.珠玑　　金刚　　玉石　　玛瑙

3.桃花　　薇蕨　　云雀　　金莺

4.花儿都倦得要睡了　　花儿的泪都滴在我身上

四、阅读理解。

1.《落花生》　许地山　　种花生　　收花生　　议花生

2.父亲希望我们做有用的人,不做华而不实的人。

3.父亲用好看的苹果、桃子、石榴与花生进行了对比,因为它们的果实悬在枝上,鲜红嫩绿的颜色,令人一望而发生羡慕的心,而花生则把果实埋在地下。

「美绘版」

图书在版编目(CIP)数据

落花生／许地山著. -- 杭州：浙江人民出版社，
2013.12 （2015.1 重印）
ISBN 978-7-213-05827-1

Ⅰ. ①落… Ⅱ. ①许… Ⅲ. ①散文集 – 中国 – 现代
Ⅳ. ①I266

中国版本图书馆 CIP 数据核字 （2013） 第 251939 号

落花生 **LUOHUASHENG**

作　者	许地山
丛书策划	钟　雷
丛书主编	崔钟雷
副主编	王丽萍　石冬雪　王　歆
出版发行	浙江人民出版社
	杭州市体育场路 347 号
	市场部电话：(0571)85061682　85176516
责任编辑	毛江良
责任校对	戴文英
装帧设计	稻草人工作室
印　刷	莱芜市新华印刷有限公司
开　本	787 毫米×1092 毫米　1/16
印　张	12
字　数	19 万
版　次	2013 年 12 月第 1 版·2015 年 1 月第 2 次印刷
书　号	ISBN 978-7-213-05827-1
定　价	19.80 元